바람의 둥지를 찾아

전순선 시집

바람의 둥지를 찾아

생각나눔

서녘 능선에 걸친 영혼의 빈칸마다
늘 감사함이 채워지고 있습니다.

때때로 시의 물결이 고개 들어
나의 심장 소리에 귀 대고 채근거립니다.

마음 속 시향을 풀어
네 번째 시집을 내라며
노을에 기댄 가슴 자꾸만 흔들어 댑니다.

다행히 예술인 창작 디딤돌 지원금으로
이번 시집을 출간하게 되어
시인으로서 뿌듯하고 감사할 뿐입니다.

들판의 푸른 원고지에
추억체로 쓴 가벼운 詩 한 구절이
바람처럼 외로운 가슴, 가슴에 스며들기 바래봅니다.

2023년 8월에
전순선

목마름의 길

마음으론 쉬이 갈 것 같아
달랑 펜 하나 들고 행렬에 합류하였다
갈수록 갈급증은 사막의 늪을 걷는
위험수위를 넘나들고
두 다리는 근육 하나 튕겨져 나갔는지
바람 앞에서조차 허우적거린디

저만큼들 가고 있다고
덩달아 서두르는 꼴찌의 마음
내 두뇌에 저장된 파일들은
클릭, 클릭을 해도 열기가 되지 않아
옹골찬 언어들을 꺼낼 수 없어
내 문서로 가는 길은, 늘
단조롭고 머릿속은 텅텅 고갈뿐이다

시인의 길은
턱턱거리는 사막에서 오아시스를 만나듯
영역밖에 숨어있는 돌샘의 은밀한 언어를 캐내어
내 몸이 시로 물들기까지
그런 오랜 목마름의 길, 길인가보다

차례

제2부 어느 날 나를 열어보니

차 례

제4부 비의 문장을 읽다

제1부

바람의 그림자

다시 봄날에

세상 바람 다 맞고
살 거죽 트도록 겨울을 견뎌낸 나무들
몸과 마음은 조금씩
세월에 물들어 바래져 가고

겨우내 찬바람 가득한 가슴에
누구도 들이지 못했던
갑갑한 시간들
좋았던 기억은 선명하게 떠오르나
몸은 그 시절 기억 못 해 잔가지 부르르 떤다

단단하게 여문 봄 햇살이
꽁꽁 언 가슴에 남풍을 들이고
뒷산의 얼음을 밀어내고
낮의 길이를 조금씩 늘려놓고
나뭇가지마다 봉긋봉긋 싹눈 틔우며 웃는

다시 봄날에
연둣빛 희망이 터지고 있다

바람의 민낯

고추잠자리 노닐던
숨 고른 들판에 가만히 서 있으면
온몸에 바람이 돈다

눈 감으면
만질 수도 있고
느낄 수도 있고
볼 수도 있어

떠도는 바람마저
내 안에 들어와 숨을 쉰다

미세먼지
황사바람
공기청정기 모르는
바람의 어린 민낯을 보니 상쾌함뿐이다

다시 눈을 뜨니
도시의 바람은 텃세처럼
여전히 야생의 민낯 공기를 밀어내고 있다

바람의 둥지를 찾아

사월이 끝나갈 무렵 꽃향기 따라
바람 바람 들바람 찾아 떠난다

7번 국도 진부령 넘어
내 뼈마디 자란
곰살궂은 바람의 모태를 만나니

송지호의 들꽃이 까르르 숨 쉬고
드넓은 바다에서 푸른 차를 마시니
오장육부 뚫리는 상쾌함이란

마스크 벗은 얼굴들
그리움 차오른 봄, 봄을 걸으니
가면 뒤에 숨었던 익살스런 마음도 보이고

화진포 솔바람도 안부처럼
내게 둥지를 틀며 솔솔 긴 여운을 남긴다

민들레꽃

나무 밑동에 핀 노란 민들레꽃
보도블록 틈새에도 피고
담벼락 습한 곳에도 피고
어떤 환경이든 견뎌내는 의연함에
금빛 시선을 꼿꼿이 붙들고 있다
그 쪼그만 몸짓의 당당함은
묵묵한 조력자가 있었으니
꽃 한 송이 피우기 위해
뾰족한 화살의 잎들이
포복하듯 엎드려 에워싸며
푸른 제복의 호위병처럼
제 꽃대를 분신처럼 지키고 있었다
덕분에 민들레꽃은 사람들에게
후미진 곳에도 민들레 민들레 노래하며
더 고운 시선으로 행복을 주고 있다

개나리꽃

사색하며 걷는 나지막한 언덕길에

흐드러지게 핀 개나리꽃

병아리 떼 종종거리며

길목마다

샛노란 웃음

무리 지어 터뜨린다

가라앉은 마음

들킬까 여미는 내게

꽃불이 화르르 터지고

천진스러운 봄날 눈 맞추며

납작했던 하루가 해맑게 부푼다

아카시아 꽃

오월이 눈부시게 빛나는 건

꽃향기 퍼 나르는 아카시아 때문이지

오월의 밤이 아름다운 건

꽃등이 조롱조롱 어둠을 밝히기 때문이지

하얀 아카시아 밥 좋아

고무신으로 몰려다녔던 아이들

이제는 아카시아 밥을

꽃이라 하며 향기에 취하는 사치를 부려본다

노랑나비

노랑나비 한 마리
나풀나풀 날갯짓 몸짓으로
꽃과 나무를 그리고
향기마저 불어넣은 낙원을 꾸미네

잡힐 듯 말 듯
온몸으로 곡예하며
혼신으로 이뤄낸 평화로움
나비의 눈에도 참 좋은지 빙글빙글 도네

이번에는
창공을 그리려
꽃잎 같은 날개로
훨훨 하늘하늘 하늘로 간 노랑나비

자연의 섭리

경계의 허공을 구르며
한 잎의 생(生)이 떨어지고 있다
기력이 쇠잔하여
덩그렇게 이별을 고해야 하는
저 쓸쓸한 나뭇잎의 마지막 순간

바람의 옷깃을 붙들고
늘어지게 애원해도
전신에 들어찬 바람은
대롱거리는 잎사귀를 보며
자연의 섭리를 역행할 수는 없다고

영영 머무를 수 없는
다시 돌아갈 수 없는
나뭇잎의 저승길은 어디쯤일까

영원한 생을 누릴 것 같은
인간의 생사生死도
갈잎처럼 흔들리는 저 이치理致 아닐까

숲의 맛

1
나른한 망태기에 숲 맛이 번진다
난, 지금도 그 맛을 잊을 수가 없다
산머루 산딸기 한 움큼 따다
어린 내 입에 들어가던 날
당신의 맘은 늘 푸른 산에 있다는 것을
아버지 사랑의 원천이 숲인 것을

2
초록빛의 신선한 공간에 들면
무명의 난, 주인공이 되어
내 안에 선한 바람, 치유의 바람이 불고
또 좋은 시상詩想을 얻을 수 있는
최고의 명약, 보약 같은 곳이다

숲속의 아귀
– 아귀 모양 등걸을 보며

물고기 한 마리

누가 산에 놓고 갔을까

무심한 천년 바람에

꼬리뼈는 말라붙고

사투를 거듭한

커다란 아귀의 입은

턱까지 쩌억 벌어진 채

기이한 미라의 형상으로

발길을 붙들고 있다

넋이라도 바다로 가고파

푸른 숲바다 갈증처럼 들이키면서

설악산 대청봉

그 이름 너무도 눈부셔
구름도 머무르지 못하고
나무들도 감히 고개 들지 못하네

야생화도 한껏
몸 낮춰 꽃망울 터뜨리고
놀부바람 휘어지게 흔들어대지만
하늘을 떠받든 위엄은 태양을 물고
장엄하게 설악을 빛내고 있네

그 이름 너무도 청아하여
사람도 오래 머물지 못하며
천하 절경 신비로운 저 영성에
덧없는 욕심들 가벼이 걸어 나오네

봄바람

나뭇가지 끝이
살랑살랑 춤추는 것은
꽃향기 실은 봄바람이
살며시 흔들어 놓기 때문이다

바닷물이 햇살 아래
하얀 파도로 부서지는 것은
남풍이 푸른 엉덩이 치며
짓궂게 흔들어 놓기 때문이다

하늘의 구름들이
유유히 흘러가는 것은
바람난 봄바람이 꽃술에 취해
훨훨 실어가기 때문이다

바람의 그림자

바람의 그림자를 그대는 보았는가
눈에 보이지 않는다고
함부로 비아냥거리지 마라

바람은 유령처럼 다가와
나뭇가지를 흔들며
깃발을 날리며
옷자락을 흔들며
그렇게 다른 몸을 빌려
자신의 그림자를 만들어 보이며
우리 곁으로 다가온다

그림자 없는 그들은
잎 새의 손을 흔들며 무던히 존재를 알리는데
그대는 왜 그걸 모르는 걸까

바람은 흔들고 가지만

바람은 오늘도
쉼 없이 나를 흔들고 간다

낯선 바람 하나
서쪽 능선에 주름 길 내며
하얗게 바래지도록 흔들어댄다

그래도 난,

친구들 눈동자 속에
여전히 18세로 흔들린다

보약 같은 웃음소리로
머 언 그리움 껴입고
바래지는 칸마다 풀꽃무늬 채우면서

진달래꽃

산책길 둔덕에 봄빛 시선을 끄는
꽃숭어리들의 부푼 들꽃을 보노라면
화사한 꽃향기보다는
환한 웃음으로 다가오는
한 여인의 모습이 아련하다
봄나물 캐다 꺾어온
연분홍 진달래꽃
저고리 앞섶 한 아름 안고
수줍게 웃으시던 어머니
시절이 억척스러워
그저 무심했던 여자 여자
머릿수건 하얗게 두르고
펑펑 일만 하는 엄만 줄 알았는데
그 가슴에 분홍 꽃물 곱게 물드는 것을
꽃처럼 환하던 어머니의 얼굴
석양빛 내 가슴에 참꽃으로 피고 있다

꽃들의 환영

누굴 위해
저리도 꽃단장 곱게 하고
예쁘게 웃고 있는 걸까

개나리꽃은
화사한 거리를 만들고
백목련은 초연한 미소를 짓고
벚꽃은 흰 눈처럼 흩날리고
연분홍 진달래꽃은 수줍은 듯 바라보고
이름 모를 풀꽃들은 재잘재잘

아아 알았노라!

만삭이 다 된 계절의 여왕을 맞으러
꽃님들 분주히 움직이는 것을
고운 채색 옷 갈아입고
그대들의 모태,
찬란한 오월의 여왕을
축제 속에 환영하고 있었음을

별꽃이라 부르고 싶다

어이해서 잡초라 했는가
어이해서 풀꽃이라 했는가
새살거리는 청순함을 보았는가
간질이는 꽃바람 마중에 부끄러움 타는 듯
수줍게 서 있는 손톱만 한 저 몸짓들
골목길 시멘트 틈새에서
담벼락 밑에서
돌 틈에서
나무 밑동에서
보도블록 틈새에서
햇살을 모아
바람을 모아
이슬을 모아
진리처럼 생명을 품고
옹알이하듯 꽃숨을 쉬고 있는 저 기운들
살갑게 봐줄 눈길도 없건만
비좁은 삶에도 제 본분 지키며,
봄의 공간에 한 호흡으로 빛나고 있는 저들을
난, 지상의 별꽃이라 부르고 싶다

장미꽃의 낙화

붉은 심장 터지도록
도도한 가시 세워
누구도 다가오지 못하게 하더니

저희끼리
송이송이 탐스러운
자만으로 어울리고 물들이더니

제 향에 만취했는가

바람에 스러지고
빗소리에 놀라 주저앉으며
그 화려했던 자태들 발아래 밟히네

바람이려오

눈감고 두 팔 벌려
골짜기를 넘는 바람 앞에
비좁은 육신은 이탈로 선다
차마 여린 가슴 헤치고 갈 수 없어
귓가에 서성이는 산바람에게
나도 바람 되어
아름다운 산과 들
마음껏 쏘다니고 싶노라고

눈 감고 두 팔 벌려
들판을 넘는 바람 앞에
허수아비처럼 흔들리며 선다
차마 외로운 맘 두고 갈 수 없어
입술 들먹이는 들바람에게
나도 바람 되어
그리운 청춘의 날로
바람처럼 달려가고 싶노라고

바람의 모사

진실의 시간을 비틀고
얄팍한 입술들이 허튼 바람을 모은다
가슴에 품었던 시간은 아직 머뭇대는데
바람에 휘둘린 입술의 실세는
한 덩이 심장을 후비고
애정으로 다가섰던
순수한 열의는 광장에 나가도
아, 이제는
가슴이 뛰지 않는다
다시 뜨거운 열정이 생길까?
틈틈이 잠긴 내 안에
구름 몇 점 빗줄기로 다가와
무용한 시간을 씻어내듯
가슴 속 변방을 흔들며 젖어든다
붉은 입술에 선동된 바람의 모사(謀士)
허수를 물고 다녔던 골목 바람
올곧은 빗줄기에 제 두 귀를 씻어댄다

제2부

어느 날 나를 열어보니

어머니의 유일한 장신구

창포물에 머리 감아
동백기름 윤기 나게 바르고
참빗으로 곱게 빗질하시던 어머니

한때는 자식들 성화에
신식 머리 짧게 자르고
성서의 삼손처럼 기운 잃으시더니
어서어서 머리 자라길 바라셨던 어머니

뼛속까지 짓무른
백발이 성성한 세월에도
긴 머리 야무지게 감아 올려
조선 여인의 멋을 꽂았던 유일한 장신구

바람 한 자락에도
쉬어가야 하는 여든일곱 고개
숨찬 호흡에도
은비녀를 고집하셨던 어머니
어쩜 지아비의 먼 그리움이 있었던 것일까…

아버지의 올방지

방구들 아랫목에
가부좌 틀고 바위처럼 앉아계시던 아버지
묵상인 듯 회상인 듯 지그시 감은 눈
조선의 바람도, 대한의 바람도 아닌
눈치 없는 시간들이 시린 무릎을 파고든다

드러눕기에는 가슴이 스산하여
돌하르방처럼 침묵의 시간을 늘리며
근엄한 듯 올방지 틀고 앉아
긴 수염 쓸어내리며
소중하게 간직한 실경 위 숨통 같은 언어들을 꺼내어
당신이 불러낸 서당으로 향한다

저녁나절에야
돌문을 밀고 나온 묵상 하나
겨울 들판에 휑하니 흔들리는 가슴
단단했던 올방지 근육은 점점 빈 무릎이 되고
깊어진 일몰 속에
아버지의 움켜쥔 그 시간만이 무릎을 감싸고 있다

정지용 문학관
– 아버지 마음도 그러셨을까

검정 두루마기에 뿔테안경 쓰고
고요히 숨을 쉬는 듯
홀로 앉아 계신 정지용 선생님을 마주하니

문득 1902년 같은 해에 출생하신
내 아버지의 모습이 아련히 떠오른다
전통 두루마기를 고집해 입으셨고
일생을 누런 서책에 갇혀 사셨던 분이다

천천히 전시관을 둘러보던 중
"그곳이 참하 꿈엔들 잊힐리야"
옛글로 전시된 향수의 詩 한 구절 눈에 드니

새삼 내 몸에 밥 타는 냄새가 난다
질곡 같은 삶 속에서
고향을 그리워하는 시인의 애절한 마음이
낯선 세월에도 변치 않는 금빛처럼
돌 같은 우리들 가슴에 자주 향수를 불러일으킨다

"보고 싶은 마음 호수만 하니 눈감을밖에"

또 하나의 시구에 머물며

가끔 우두커니 홀로 앉아 계시던
아버지의 맘도 그런 마음이셨을까?
아버지의 아버지를, 아버지의 어머니를……
살며시 정지용 선생님 곁에 앉아 눈감아본다

아, 나도 눈감을밖에

텃밭

크지도 않은 작은 몸통에서
무얼 그리 가꾸고 만들어 내는지

작은 씨앗
선물로 품에 안겨주면
흙 속에 뒹굴며 좋아라 감사하여

열 배 스무 배
그보다 더 많은
탐스런 열매로 주렁주렁 되갚음한다

체구는 작아도
예전 울 엄니를 닮아
생산은 가리지 않고 잘도 한다

개평

노름판에서 돈을 많이 딴 사람이
푼돈을 나눠준다는, 개평
조선시대 도박에서 유래된 말이라는데

오일장터에 장 보러 나간 엄니는
오이를 살 때 개평 하나 달라 하고
감자 한 소쿠리 살 때도 개평 좀 달라고 힌디
복숭아는 물큰 거라도 꼭 개평을 얻는다

엄니는 노름에 노자도 모르는데
어떻게 개평을 입에 달고 사셨을까
장마당에는 개평 하나, 개평 둘
훈훈한 인심으로 거래가 이루어지고 있었으니

엄니 떠난 수십 년
까맣게 잊고 살았던 단어 한마디
오늘 불쑥 내 입술에서 개평이 툭 튀어나왔다
생소한 단어에 찻집의 화초들도 놀라
푸른 귀 세우며 다가앉는다

내 삶 어디를 클릭해서 순간 튀어나왔을까
혀 밑에서 늙어버린 언어 하나가

무더위를 쪼개며

긴 장마 끝에 달려온 이상기온
장대비 먹고 자란 여름은
촘촘한 스크럼으로 덩치를 키우고 있다

그 더위를 사냥하기 위해
세 쪽 날개로 휘리릭 휘리릭
덩치 큰 무더위를 쉼 없이 쪼개지만
무력한 끈적임만 달려들 뿐이다

안 되겠다
큰놈은 에어컨으로 상대하자
웬걸,
벽 속에서 카랑카랑한 목소리가 튀어나온다
"전력 과다로 정전이 우려되니
에어컨 사용을 자제해 달라"고 어쩌나

어릴 적 울 엄마는
손부채 하나로 더위를 잘도 쪼개셨는데
멍석 깐 마당에 얼씬도 못 했는데
밤하늘 별들도 시원타 빛나곤 했는데……

옥토끼

엄마 무릎을 베고
낮게 드리운 보름달을 바라본다

저 둥근 달 속에 비친
절구 공이질하는 옥토끼의 모습
어떻게 토끼가 달에서 절구공을 찧고 있을까
어린 내겐 너무도 신기해 보여

"엄마, 왜 토끼가 달에서 방아를 찧고 있어?"
"사람들에게 행복을 주기 위해서지"

그렇게
한 달에 한 번
보름이 만월로 차오를 때마다
쿵덕 쿵덕쿵 절구질하며
둥근 쟁반 수북이 행복을 빚어
쓸쓸한 가슴마다 골고루 희망을 주었나 보다

그날 엄마 저고리 속에도
달님이 쑤욱 간지럼을 타고 있었으니까

쉼 없이 채워지는 물병

황금빛 노을 드리워진 상상역에서
왠지 생경한 은하철을 타고
우주의 먼 은하계를 여행하고 싶다
어느 별에 내 사랑하는 눈물의 존재가 있을까
눈물 항아리 통째 가져가
지상에서는 눈물 없이 살라 하시던

밤하늘 별자리를 가리키며
소원을 빌면 이뤄진다는 별똥별부터
국자 모양의 북두칠성
북극성 물병자리 은하수별 등등
검지 끝에서 별들의 이름을 하나씩 불러내시던,

스스로 빛나는 별천지에
밤새 별별 이야기로 반짝거리지만
몇 광년이나 떨어진 지상의 자식 못내 그리워
신화 속 은하수 다리를 건너
별들이 총총 멍석 위로 쏟아지던 그 마당으로 오실는지

내 눈물의 존재를 찾아
오늘 밤 꿈속 열차로 신비한 모험을 해보는 거다
어디선가 반짝이고 있을 별 하나
어느 별에서 눈물로 빛나고 있을 특별한 성좌(星座)
아–
가슴에 새겨진 물병자리

어머니의 눈물 기도로
쉼 없이 채워지는, 밤하늘 수호자처럼 떠있는 물병 하나
내 안에 은하수로 흐르고 있다
은하수 한 사발 들이키니 눈물이 보인다
별빛으로 빛나는 어머니의 사랑이

아직도 눈물로 흐르는 당신

눈을 감고 있어도
눈을 뜨고 있어도
떠날 수 없어
두 눈 속에 머물러 있는 당신

눈물 같은
강물의 시간들
등조차 보이지 않는
바람처럼 하얗게 흘러 흘러갔어도

어인 까닭인지
아직도 내 두 눈에 눈물로 흐르는 당신
저문 들녘에 기대어
가만히 눈 감으면 더 차오르는
어머니, 어머니

다듬이 소리

겨울밤 다듬이 소리
애잔한 리듬이 가슴을 파고든다

소녀는
호기심에 방망이 들고
마주 앉은 엄마와 리듬을 맞춰가며
소리 장단을 만들어낸다

고단한 삶들을
달빛에 따닥따닥 삭여가며
행여 울타리 너머
누군가의 마음 아리게 할까 봐

이불 홑청 두드리는
모녀의 방망이소리 한껏 흥을 돋운다

높고 낮은
빠르고 늦은, 운율 속에
옛 여인의 애환들이 가슴 가득 퍼져온다

품앗이

마을에 잔치가 있게 되면
이틀 전부터 엄마는 잔칫집에서 음식을 만드시고
동네 아주머니들과 함께 손발이 척척
맛있는 잔치 음식을 준비하셨다

누구 엄마는 국수 삶는 일 맡고
누구 엄마는 전을 부치고
누구 엄마는 떡 담당하고
마을 젊은이들은 상차림하고

이름조차 잃고 살던 그 시절에
앞집 딸 시집갈 때도
건넛집 아들 장가들 때도
어머니들은 그렇게 따뜻한 품앗이로
이웃의 애경사를 소중하게 여기며
동네잔치로 떠들썩하게 지내며 살아왔다

지금의 품앗이는 어떤가?
빠르게 변하는 세상 탓도 있겠지만

얼굴마다 차가운
유리 수정 하나 매달고
하얀 축의금 봉투 건네면 다한 듯
또는 계좌이체 시키고…
신랑 신부 축하도 못 한 채
입 안에 뷔페 음식 한 입 밀어 넣고
모래알처럼 씹으며
황급히 사라져 가는 하객의 뒷모습들

마치 영혼이 없는 인간처럼
가슴엔 얼음 심장 박고 살아가는 사이보그 인생들 같다

신안리 88번지

바람 젖는 날엔
허공을 당기는 풀꽃이 피고 있다

겨울이면 땅속에 죽은 듯 잠들다
용케도 봄이 오면 나 살았노라
빠끔히 고개 내미는 손톱만 한 새싹들

사방팔방 헤집은 철부지의
죽은 듯 지워진 조각들이
노을 속 선명하게 들앉은 간성읍 신안리 88번지

그곳에는 늘
키 작은 풀꽃 하나 아련히 피고 있다

세뱃돈

세뱃돈 천 원이던 시절
텅 빈 호주머니가 두둑해지는 설날이다

골목을 누비던 아이들의 시간은
바람이 들쳐업고 유유히 사라지고

손 안에 움켜쥔 세월도
물살처럼 빠지는 공허한 설날 아침

울 엄마처럼 천 원짜리를 풀어볼까
그 시절 쌈짓돈이 통할까

세종대왕, 신사임당 좋아하는 손(孫)들에게
퇴계 이황 선생의 마법이 쉬이 통할까?

심쿵

전철에서 갑자기 큰소리가 들린다
한 노년의 남자가 건너편 남자에게
"여보세요, 가방은 안고 다리 좀 오므리세요.
옆 사람이 불편하잖아요"
순간 스마트폰에 빠졌던 시선들이
용감한 목소리의 남자와 나에게
일제히 눈빛들이 쏠린다
내 옆에 앉았던 남자는 무안한지
벌떡 일어나 출입문 쪽으로 가버린다
괜한 시비 생길까
조마조마한 마음뿐이다
매서운 한파에 사람들의 감정도
쓸쓸한지 소요산행 전철은 정적뿐이다
큰소리로 말하던 건너편 남자
내게 다가와 앉으며 중얼거린다
두 다리 쪼그리고 앉은 당신 모습에 화났다고

무덤덤했던 내 심장 쿵쿵댄다
붉은 노을빛이 왜 그리 아름답게 보이는지
살면서 조금은 알 것 같았다

나비 고무신

단발머리 열 살 소녀는
나비 고무신을 신고 훨훨 날고 싶었다
먼지 펄펄 나는 신작로를 깡충깡충 뛰며
낡고 해진 검정 고무신에서
푸른 문양의 나비 신발을 신고
뭉게구름 위를 걷는 듯 두 발이 둥실 떠있을 때

오빠 목소리가 들렸다
"그렇게 뛰지 말고 살살 걸어라"
"응? 왜?"
"새신발이 금방 닳잖아"

소녀는 멈칫하더니
신발을 손에 들고 맨발로 걸었다
시골 신작로는 따끔따끔 발바닥을 아프게 하였다
소녀는 다시 신발을 신고
살금살금 걸어가며
"이렇게 걸으면 신발이 안 닳아?"
오빠는 고개를 끄덕이며 엷은 미소를 짓는다
그 시간 들추며 나도 미소 짓는다

어느 날 나를 열어보니

잿빛으로 물든
어느 날 오목한 나를 열어보니

글쎄 내 안에
풀피리 소리 가득 차오르고
개울물 소리 개구지게 흐르고
빨랫줄엔 흰 바지저고리 펄럭대고
아궁이 불똥은 폭죽처럼 터지고 있었다

삶에 속박되어

꽁꽁 닫혔던
석양빛 가슴 활짝 여니
고향의 먼 옹알이 소리가 들리는 것을
나의 심장이 뛴다는 것을

골목의 아이들

아이들의 골목에는
아직도 들이쉬는 신선한 공기가 가득하다

햇살같이 맑은 유년들이 모여
하늘 아래 신선 놀이를 즐기고 있다

목자차기 딱지치기
구슬치기 땅따먹기
줄넘기놀이 공기돌놀이
고무줄놀이 숨바꼭질놀이

떠남이 많아도
끝내 자라지 않는 동심을 데리고
말괄량이 소녀 먼저 신나게 달려간다

반듯반듯 사라진 개발에도
먼 골목의 끝이 꿈틀꿈틀 일어나 마중 나온다

그늘을 만지작거리니

거울 속에 온전한 나는 안 보이고
살 거죽에 매달린 그늘만 기억처럼 붙는다

허공에 날갯짓하는
하얀 새처럼, 나의 날들도
공허하게 사라지는 희미한 자국뿐이다

구겨진 손등의 그늘 만지작거리니
먼 곳의 나무 하나 저벅저벅 걸어 나와

서럽게 낮아진 자존감
쭈그러진 바닥의 시간을 부풀리며
초록빛 섞인 공기로 온전히 나를 세우고 있다

낮도깨비에게 홀린 날

어느 날 미로 속에 갇힌 나를 보았어

수년간 다니던 길 가도 가도 낯설기만 한 거야
무슨 조화 속에 갓길을 끌고 빙빙 돌았는지
갑작스런 천둥 폭우에 길은 자꾸 엉키고

숲길도 아닌, 낯선 길도 아닌
익숙한 길에 왜 이럴까
치매? 길치? 그만 정신이 붕괴되는 것 같았어

결국 남편에게 SOS 목적지에 도착했어
차 안의 지인들 한바탕 웃었지만
난 웃어도 웃는 게 아니었어

황당한 날이었어
낮도깨비에게 홀린 것 같았어
구겨버리고 싶은 날이었어
밭고랑에 맘 심지 못해, 뺑뺑이 돌린 걸까

초록 잎에 숨은 꽈리고추 무슨 정신으로 땄는지 몰라
내 두뇌 속 목차가 정말 분주했거든

또 다른 이별

– 대구 형부 장지에서

십이월 대구 문중산
주검의 관 뚜껑이 열리고 있다
저승길로 보내는 이승의 마지막 의식
관속에 흙 넣는 삽질을 한다
장화 신은 인부의 발은 고인의 몸 사이사이를
익숙하게 밟고 밟는다
낯선 장례풍습이라 황망하기 그지없다
얼어붙은 삽질은 계속되고

마침내 관속은 한 덩어리의 흙이 되었다
겨울 산의 단단한 흙이 되었다

주검의 뚜껑은 닫히고
가족들은 흙 뿌림에 이별을 고하니
그제야 묘지는 힘겹게 이승의 문을 닫는다
영면에 든 대구 형부
다들 영생이라 말하지만 가슴은 슬픔에 젖는다
육신의 옷 벗고 황량한 시간을 건너
저승 어디쯤 가고 있을까
또 우리는 이승 어디쯤 서 있는 것일까

제3부

달 뒤편의 마음

함께 가는 길

세상 길 가는 동안
고단하고 멀지라도
그 길 위에서 내려서지 않으리

가노라면
오솔길에 들어서
풀꽃의 아름다운 생명을 볼 수 있고

가노라면
밤하늘의 반짝이는
별들을 가슴에 쓸어 담을 수 있고

또 가노라면
큰 나무 그늘 아래서
쉬어가는 행운도 누릴 수 있을 테니

이보시게
긴 여정 길, 우리 서로 길동무하며
도란도란 세월을 함께 가보세
그 길에 그리운 사람도 있을 테니

들을 귀 있는 자

이 세상에는
듣고 듣고 또 들어도 지나치지 않는
아름다운 언어들이 물결치고 있습니다

당신의 들을 귀에는
사랑의 소리
진리의 소리
바람의 소리
창조주의 언어들이
행복한 미소로 번지고 있습니다

하지만 나는
나이만 체면스럽게 살이 오르고
정작 두 귀에는
아름다운 언어들이
창조주의 언어들이 이명(耳鳴)뿐입니다

두 귀를 쫑긋 세워
얄팍해진 내 영혼에 미소를 짓고 싶습니다

돌아가고 싶어라, 어머니 뱃속으로

선택 받는 것이 두려워
도망치던 요나*
배를 타고 멀리멀리 숨으려 했는데
정신 차려 눈을 떠보니
캄캄하고 미끈거리는 커다란 고기 뱃속이라네
뱃속을 꼬집고 찌르고 광기를 부리니
바닷가 모래밭에 토해졌다네
오물을 뒤집어쓴 채 쓰러진 요나
큰 깨달음 얻고 선지자의 길로 갔다네

세상 밖에 나온 이 몸
이만큼의 인생을 살아 왔다네
아름다운 세상이라네
끝없는 유혹의 세계라네
그만 올무에서 벗어나고 싶다네
돌아가고 싶다네
어머니 뱃속으로 다시 돌아갈 수 있다면
열 달 동안 곰곰이 생각하여
숨 막히는 세상사에 갇히는 삶이 아니라
뚜벅뚜벅 진리를 좇는 그런 길을 가고 싶다네

*구약성서에 나오는 선지자.

병病

어떡하죠?
하늘이 노여워하고 있어요
서로 사랑하며 살라던 인류에게
축복처럼 내어 준
생명의 물과 공기를 애타게 찾고 있어요

지구촌 곳곳에서는
코로나 전염병, 기후변화, 전쟁
지구는 턱턱 숨 막힌다고 비명이네요
사방 둘러보아도
제 몸에 고장 아는지 모르는지
사뭇 기계적인 인간들의 꼿꼿한 허세와 욕망들

어떡하죠?
내 작은 눈빛으로
하늘빛 공기 찾을 수 있을까요
神께 도전하는 바벨탑 세상의 저 질주들
두 눈에 눈물 병病 도는지
자꾸만 눈물이 나요

선물

새해를
통째 너에게 주고 싶어

이번 새해는
그냥 널 위해 다 쓸 거야

아침마다 눈부신
환한 웃음 데려와
날마다 널 기쁘게 웃게 할 거야

난 이미
새해를 선물로 받았거든

풍경

사람을
멀리서 바라보면
흙 위에 꼬물거리는
아이들의 소꿉장난으로 보인다

서쪽 능선에서 바라보면
바람 같은 세월
쓸쓸한 겨울나무로도 보인다

사람의 가슴
그 안에 누가 살기에
그리움을 낚는 어부로도 보인다

사람 사람 사람

부비고 부대끼고
희로애락 생생하게 그려지는
누군가 쉼 없이 그려질
땅 위의 인생들
시린 풍경처럼 명치끝에 머문다

계단의 독백

숨차다, 등에 업힌 사람들 숨차다

깡충깡충 오르는 아이들
시린 등위에 가위바위보 즐겁게 새기고
사람들은 와자하게 찾아오고
아줌마, 아저씬 한 켠에 앉아 쉬고

아, 저기
할아버지께서 할머니 손잡고 오시네
오므린 등 쫙 펴서 길 터야겠어
쉬엄쉬엄 정상에 오르도록
이런 날은 하루가 참 달고 행복하지

긴 내리막 ㄱㄴ에
누군가 무릎도가니 잡고 주저하는 모습
이럴 땐 무심한 세월 참 야속하지

인생의 애환을 담기엔 이젠 힘에 부쳐
삐걱대며 박힌 오랜 층층 발소리들, 난 숨차다

단추

사랑이란 이름으로
딱 붙어 다니는 널 살짝 풀어놓았더니
가슴엔 휑한 바람뿐이다

어쩌면
훨씬 전부터

내 눈에 콩깍지가 씌어
겨울바람 같은 휑한 이 가슴
네가 꽁꽁 여며주길 바랐는지도 몰라

달무리

눈 들어 하늘을 보지 않는
저 지상의 속내를 도무지 알 수 없어
오늘 밤 달님은 무리를
소집해 진지한 원탁회의를 하나 보다

숨조차 빛바랜 인간들에게
어떻게 하면 좀 더 수려하고
청아한 달빛을 선물할 수 있을까

무리는 하나같이
땅 위에 사는 저들의 맘이
들꽃처럼 선함으로 피어날 때
달빛은 언제나 휘영청 밝지 않겠느냐고

달님은 끄덕이며
지상의 가슴들을 찬찬히 내려다본다

달 뒤편의 마음

잔별들 총총대는 밤하늘에
둥실 떠오른 보름달의 그윽한 영성

과녁을 쏘아 올려
부드러운 달의 표면을 뚫고
심층을 지나, 달의 뒤 거주까지 닿는다면

저 둥근달 뒤편에는
어떤 마음이 존재하고 있을까
보름방아 찧는 옥토끼의 맘 그대로일까

지상에 떠도는
세모 네모 그런 맘은 아닐 테지

마법의 수건

그곳에 가면 나도 마법에 걸린다
사람들은 동물 머리가 되어
울안에서 몇 시간씩 수다를 떨고 있다
마법에 걸린 반인반양의 모습
다행히도 기분은 꽤 좋아 보인다
인간사회에서 치열한 경쟁을 하다 보니
단순한 동물로 머릿속을 비우는
그런 변화가 필요했나 보다
소금방에서 마사지도 하고
황토방에선 땀도 빼고
솔잎 방엔 숲 향기 가득 마시고
갑갑하니 얼음방도 찾고
인간은 동물과 공생하며 교감하는
태초의 근원이 뼛속 깊이 배어있는지도
자, 모두 양머리 만드세요
지금부터 흰 양으로 사는 겁니다
할아버지 할머니 아빠 엄마 아이들
저기 한 무리의 가족들 양머리 의식을 한다
닦기만 하던 수건의 변화 참 즐겁다

경로당

머리에 하얀 서릿발을
운명처럼 이고 가는 사람들이
아름다운 인연으로 만나
쌈지 속 이야기보따리를 풀어놓습니다

바람의 시간에 물들며
긴 세월을 지고 가는 어르신들
소박한 인연으로 만나
인생의 값진 추억들을 풀어놓습니다

웃음소리 가득한 사랑방엔
늘 자애로운 원석(原石)의 마음들이
황금빛으로 어우러지며
천년의 꽃처럼 곱게 물들어갑니다

어버이의 정겨운 소리들
도란도란 경로당 창을 넘고 있습니다

주먹도끼

우리의 조상은 어디서부터 시작되었을까
상상조차 할 수 없는
아주 먼 곳으로부터 달려와,
까마득한 후손들에게 귀중하게 전해지는
그 이름도 낯선 주먹도끼
한탄강가에서 우연히 발견되어
고고학의 가늠을 더듬어
구석기시대 유물로 알려진 돌들이다
단단한 돌을 뾰족하게 깨트려
손에 꽉 움켜쥔 채
땅을 파서 씨 뿌리고
나무를 잘라 움집을 짓고
짐승을 사냥해 가죽을 벗기는
원시 생존 도구로 사용된
선인들의 삶을 짐작할 수가 있었다
지그시 두 눈 감고 바람의 시간을 만지니
머릿속엔 온통 돌멩이 구르는 소리들
내 안에 선사시대 강물이 유유히 흐르고 있다

나의 한글

내가 초·중·고등학교 다닐 때
국어시간 교과서에서 배우기를

하였읍니다, 장마비, 첫돐, 뵈요, 몇일, 할께요 등

이렇게 배운 것 같은데

학교를 졸업한 지
수십여 년 만에
우리 한글들이 요렇게 변해 있었네

하였습니다, 장맛비, 첫돌, 봬요, 며칠, 할게요 등

내가 아는 글이라곤
대한민국 한글뿐인데
쉽다는 우리 한글 자주 혼돈스럽네

자꾸 변하면, 나도 자꾸 하얗게 바래지는데
그럼 난, 옛날 사람 되는 건가?

시대의 풍요 속에

돌아보면 너무도 긴 세월
하염없이 바래지고 바스러진 허공뿐입니다
어둠의 세상 그 끝에서
처절하게 부르짖던 피맺힌 절규는
산중에, 들녘에 흔적 없는 바람 소리로 먹먹해지고

민족의 비통한 그날은
그저 아련한 역사로만 인지될 뿐
한국전쟁의 깊은 상흔은
한순간 꿈처럼 점점 멀어지는 것만 같습니다

그분의 아들로
그분의 남편으로
그분의 동생으로
그분의 손자로
그분의 오빠로
그분의 삼촌으로
그분의 조카로……

아! 부르다가 부르다가

목이 메는 불멸의 님들이여
오늘날 넘치는 자유와 풍요 속에
명예도 값도 없는 주검으로 잊혀질까 두려워집니다
고귀한 넋들이 분연히 달려올 것 같습니다
호국영령들이 애통히 일어날 것 같습니다

우리는 지금
눈부시게 번영하는 시대 속에
그분들의 값진 국토에 빚진 마음으로 서있습니다
대한민국 평화의 길은
오직 호국영령들의 이정표가 있을 뿐입니다
아! 대한민국, 자랑스러운 나의 조국이여……

마음과 생각의 크기

사람들은 오랫동안
생각만을 키우며 살지는 않았는지
생각의 홍수로
가슴은 점점 홀대되는 건 아닌지

사랑하는 사람에게서
친구들 만남에서
직장에서
회식 자리에서
봉사자의 모임에서
그저
생각이 크다는 이유로
한쪽 생각이 옳다는 이유로
남들에게 강요하지는 않았는지

머릿속 생각의 크기보다
가슴에서 우러나는
마음의 크기가 더 소중하다는 것을
사람들은 이미 오래전에 알고 있었음에도

버려진 개

개로 태어나
개 팔자로 살아야 하는
개 같은 견생犬生
인간의 충실한
반려자로
함께 둥그러질 때는
개털에 예쁜 핀 꽂고
개발에 꽃신 신겨 나들이하는
개 팔자 상팔자라 하는데

경기침체
가정경제 팍팍해진다며
귀찮은 짐으로
토사구팽당하는 개들의 수모
언제는 사랑 사랑
애완견이고
이제는 버림받아 유기견이니
못 믿을 인간들
누가 개 팔자 상팔자라 했던가

1월이 있기에

1월, 어쩌면
그대가 있기에
인류가 희망을 꿈꿀 수 있고
또 다른 시작에 불을 댕길 수도 있고
삶의 역경 속에
칠전팔기로 도전할 수 있는 출발점이 되리라

1월, 어쩌면
그대가 있으므로
단단한 한 해를 설계할 수 있고
또 인생의 밑그림을 그려볼 수도 있고
그대 없이는
세월의 속도감을 실감할 수 없으리라

그러므로
1월, 그대가 있어서
나 같은 사람도
작심삼일 불발로 끝날지라도
만감이 교차하는 새해에
다시 한 번 흩어진 맘 추슬러 세울 수 있나 보다

검은손

스산한 공원길 검은손 한쪽이
하얀 눈밭에 엎디어 울고 있다
모두가 흘깃흘깃 비껴간다
누군가의 곱은 손을 감싸야 하는데
홀로 눈 위에
꽁꽁 시린 맘 애태우고 있다
옆구리 어디쯤에서 흘리고는
허둥지둥 찾아다닐
제 주인 안쓰럽게 기다리는데
찬바람 해 질 녘의 마음은
공기까지 어는 듯 점점 홀대 되고
차갑게 누운 저 손에 누가 온기를 내밀까?
손가락 맞잡은 포근한 시간을 만들까?
서로 따습게 껴야 할 장갑 한 짝
사나운 겨울엔 두 손을 잘 챙겨야 하는데……

가슴에 세상을 가둔 친구

눈부시게
햇살 부서지는 시간들
가슴에 빛들일까 꽁꽁 여민다
하얀 눈송이
꽃처럼 뿌려지는 시간들
행여 가슴 안에 꽃 필까 칭칭 싸맨다

세상을 가슴 속에 가두고
어디에서 나를 찾을 수 있을까
가슴 속에 세상을 가두고
어떻게 나를 보일 수 있을까
어쩌면 세상을 핑계로 핑계로
친구를 가두고
사랑을 가두고
세월을 가두고
내 인생 통째로 가두고
한 번쯤은
가슴을 열어보려 하지 않은 채
그저 'NO NO'라고 말하던 친구

몸 안에 세상을 꽁꽁 가둔 채
가슴 안에 외로움 칭칭 가둔 채
그 친구 지금
자신의 병마와 치열한 싸움 중이다

친구여 푸르른 날
가슴속 빗장을 풀고 세상을 보아라
눈부신 햇살
그냥 그냥 가슴에 들여 생명으로 빛나고
하얀 눈꽃의 시간들
네 안에 희망으로 꽃피워 행복한 날들이 되리라

제4부

비의 문장을 읽다

비 그친 수요일

- 2021년 8월에

멈출 수 없이 달리기만 했던
긴 장마, 물 폭탄으로 조마조마한 나날들
오늘 반짝 푸른 근육을 드러낸
팔월 한 자락 서둘러 붙들어
쾌청한 햇덩이 사라질까 구석구석 굴려본다

그간 평범한 일상들이 호시탐탐
코로나19 속에 갇히고
붉덩물 수마는 집들을 덮치고
사방 어두운 고얀 날들로 시무룩할 즈음
모처럼 술렁대는 창공을 향해
내 어깨 근질근질 날개가 돋는다

비 그친 수요일 놀이터엔
통통한 햇살로 재잘대는 아이들 소리
참새들도 총총히 햇살 쪼며 분주하다
덩달아 상쾌한 듯 팔다리 흔드는 베란다 빨래들
새삼 소소한 민낯의 일상들이
소중한 금빛 날들임을 되새겨본다

비의 문장을 읽다

비 오는 날
스산한 마음에 시집을 펼쳐본다

문득 창밖을 바라보니
빗물이 유리창에 문장을 쓰고 있다
무형의 글자로

나뭇잎 잎마다
물 꼬리 흔들며 달콤한 빗물 체를 쓰고
꽃잎에도 또르르 은구슬 체를 쓴다

시집을 밀치고
우주의 구성진 문장을 바라보며
읊조리듯 써 내려가는 신비한 글을 읽노라니

내 가슴에도
저들의 언어가 옹알이하듯 새겨지며
한 줄기 詩로 다가온다

액자 속 풍경
- 돌산 앞바다

돌산 섬을 껴안고 부스스
깨어나는 새벽녘 여수 앞바다
항구는 달콤한 듯 큰 입 벌려 보슬비를 받으며
선박들은 점박이로 점점이 박혀있다

하마터면
종이비행기로 속을 뻔한
흰 갈매기 한 마리 유유히 날아와
사뿐히 어선 위에 내려앉는다

숙소에서 바라본
통유리창에 비친 고요한 포구
태초의 명화名畵처럼 시선을 빼앗는다

잠꾸러기 붉은 눈 비비며 달려가
새벽 풍경 채색되는 그림 속으로 나도 들고 있다

삼포해수욕장

바닷물 가장자리에 앉아
모래성을 쌓는 아이들에게
파도는 엉덩이 치며 놀자고 보챈다

푸른 바닷물에
담금질하며 여름 바다를 물들이는
어제의 동심들도

부표처럼 떠다니다
앙~ 하고 달려온 파도와 뒹굴며
짭짤한 유년의 웃음을 터뜨린다

저 바다에 젖은 사람들
온몸에 저장한 푸른 파일로
한동안 클릭, 클릭하며 행복을 되새김하겠지

화진포의 낭만

하늘 바다 벌겋게 취하는
일출의 장관 앞에
그 뉘라서 취하지 않으리요
해풍이 이고 온 봄바람에
솔숲의 노란 금계국
당신 앞에 활짝 웃으며 손짓하네요

세상에 취한 님들이여

에메랄드 빛 두른 바닷가에
고단하게 끌고 온
당신의 두 발 산뜻하게 물들이고
순백의 고운 모래밭에
발 도장 꾹꾹 찍어가며
화진포의 낭만 가득히 새겨 보세요

소금

바닷물에서 채취한 알갱이 금들이
햇살 좋은 베란다에서 반짝반짝 빛나고 있다

날마다 밥상에 오르는 음식에
백금가루 한소끔 간을 맞추니 혀끝이 행복하다

망망대해 황금어장은
헤아릴 수 없는 어패류들로 풍성하고
신비한 수초들과 미생물은
축복처럼 인류의 어장을 존속케 하고
정말 용궁이 있는 듯
깊은 바닷속 풍경은 비밀스럽고 신비롭다

햇살 품은 항아리
고운 빛깔 반짝이며 남쪽 베란다를 들고 날 때
맹탕 같던 내 맘이 짭조름 여물어진다

황금보다 소금의 중요함을 알게 하는 바다

생선의 부패를 방지하듯이
사회 속 부패되는 곳에 소금 한 바가지 뿌리면 어떨까

종다리

- 2018년 여름에

불지옥이 된 지구촌의 열돔 현상
백십여 년 만의 폭염
오늘도 일사병 온열병 뉴스로 나라가 뜨겁다
이 나라를 구할, 국민을 구할
실낱같은 소식이 일기예보로 전해진다
그 구원자의 이름은 종다리

효자태풍을 기다려보잔다
한반도를 관통할 종다리의 위력을 기대해보잔다
국민들의 간절한 바람에도 불구하고
일본을 강타하며 지나갔다는 태풍
우리에겐 비만 살짝 뿌리고 간 종다리

폭염 속에 태풍 날갯짓도 꺾이었는지
놈이 오면 할퀴고 무너뜨리고
목숨까지 앗아가는 큰 재앙이 분명한데도
아이러니하게도 더 큰 놈을 기다리는 간절한 마음
설마 폭염이 계절을 삼키진 않을 테지……

여름은 떠나려는데

벌써 떠나려 채비를 하고 있구나
그렇게 작열하게 내리쬐던
너의 뜨거운 열정도
이제는 서서히 정리가 되는가 보다

아리도록 후비던
그 절절한 사랑 때문에
그토록 네 가슴 무섭게 태웠는데
몇 겹의 비구름 내려와
차분하게 떠나는 널 배웅하려 한다

그런데 어떡하나

태양의 길에 머뭇거리다
푸른 파도에 몸도 싣지 못했는데
계곡물에 발도 담가보지 못했는데
난 아직, 널 떠나보낼 준비가 안 됐는데

비 오는 날이면

비 오는 날이면
어딘가로 나를 밀어내고 싶다
파도가 손짓하는
바다로 자석처럼 끌려가

저 수평선 끝에
야멸차게 나를 몰아세우고 싶다
한 줌 바닷물을 손 안에 움켜 담고 싶다
물먹은 백사장에
몸무게만큼 발자국을 찍고 싶다

비 오는 날이면
바다로 달려가
그날처럼 바닷가 언저리를 거닐고 싶다

물 냄새

그 사람 몸에서 늘 물 냄새가 난다
아마도 전생에 물고기였을까

물만 보면 씻기를 좋아하고
물에서 놀면 콧노래도 부르고
실갗에 그려지는 물무늬와 노닐기를 칠십여 년

그래서일까
전신에 물비늘이 돋아나고
그 물비늘 쓸어내리는
두 손에도 물씬 물광 냄새가 난다

그 사람 아직
엄마의 양수에서 노니나 보다
세상 물에서 놀다 보니 괴물로 물드는 것 같아
본향의 인간성을 회복하고 싶어서일까?

긴 행렬의 우산 꽃

- 2022년 3월에

봄비 내리는 삼월
아침부터 긴 행렬로 늘어선 보건소 앞 우산들
빨강 파랑 검정 노랑 꽃무늬 우산들이
나란히 진풍경을 이루고 있다

코로나19는 우산 속에 가려져
줄줄이 시치미 뚝 떼고
델타, 델타변이, 오미크론, 스텔스오미크론 등
끊임없는 형태와 명칭으로
인간의 평범한 일상을 흔들며 악귀처럼 파고든다

아파트 베란다에서 바라본
꽃처럼 아름답게 피어난 알록달록한 우산 꽃들
왜 쓸쓸함이 묻어나는 걸까

어릴 적 부르던 동요가 생각난다
"이슬비 내리는 이른 아침에
우산 셋이 나란히 걸어갑니다"라는

우산 속 낭만을 붙들고 있는 이 아침
삼월 이슬비의 낯선 눈물이
빨강 우산, 파란 우산, 찢어진 우산으로 흐르고 있다

매미들의 시간

한 생을 뜨겁게 달구는 저들
세상에 태어난 책무를 다하기 위해
하절기의 시간을 꼬옥 붙들고
무더위에 지쳐가는
나무마다 숲길마다
계절의 소리를
천연의 소리를 입히느라
초록 음표 달고 분주스럽다
불볕더위 속에서도
제 몸 타는 줄 모르고
그저 위아래 날개 비비며
들숨 날숨으로 쌓아두었던 생명력
아직 여름은 머뭇거리니
매미들의 시간은 즐거운 노래뿐이다

바다로 간 소녀

여름 바다를 향해 망설임 없이 뛰어든 소녀
정수리까지 물에 잠겼다 나왔다
하얀 소녀의 몸은 굼뜨지만
파도는 기억의 지느러미를 더듬고 있다

본디 인간의 생명은
어머니의 소중한 물보에서 태어난지라

두 손으로 물을 만지니
몸은 오래전 물을 기억하는지
움켜쥔 물들이 손아귀에서 흘러나와
곰살궂게 파도를 타며
소금기 배도록 소녀의 몸은 물속에서 그저 평온하다

철부지 가슴에 꼬물꼬물 꽃봉오리 생겨
꽃무늬 수영복 사 달라 조르던 일
아이들과 떼 지어 돌고래인 양
푸른 바다로 풍덩풍덩 뛰어들던 날들

오랜 시간 하얗게 토설한 파도는
까마득하게 뒹굴던 소녀의 지느러미를 기억해낸다

침묵했던 바다는
제 몸이 얼레인 양, 수십 년 전의
바다를 감았다 풀었다 소녀에게 파도를 선물하고 있다

개구리 노랫소리

아주 오래전 귀에 익숙한
개구리 노랫소리
비 그친 팔월 여름밤
아파트단지 내에서 들려온다
팍팍한 도시에서 잊혀져 가던
개구리 소리에 귀가 번쩍 기운다
작은 분수에서
고놈들 예쁘게도 노래한다
물가에서 폴짝폴짝
십이 층 창을 두드리며
목청껏 질러댄다
열린 창문 곁에 앉아
나도 개골개골 화답한다
고놈들 노랫소리
오늘 밤 어머니를 만날 것 같은
고향 같은 밤, 개골개골 개구리가 된다
청개구리의 후회 후회
밤하늘 별빛이 흐려지도록
창문에 기대어 가슴으로 울어댄다

물텀벙

지상이 너무도 궁금해
몰래 그물을 타고 물 밖으로 올라온 너

투박한 인간의 손에 붙잡혀
한 미물이 퍼덕거리다
시퍼런 바닷물에 첨벙 내쳐지고 만다

오래전 어부들은
볼품없이 생긴 물고기를
그냥 바다에 텀벙텀벙 던져버렸다고
물텀벙이라 불렀단다

전설이 키운 물텀벙은
식탁에 오르는 아귀찜, 아귀탕으로
사람들에게 큰사랑을 받고 있다

엊그제 먹은 시원한 아귀탕
내 안에 텀벙텀벙 어부의 물소리가 들린다

도치

시커멓게 생겨가지고
커다란 올챙이처럼 생겨가지고
뚱뚱한 배 십 리도 못 가
터지면 어쩌누 어쩌누

마술 같은 어머니의 손에서
씻기고 닦이고 데치고
밥상에 올라온 모양새가 봐줄 만하더라
시장기 도는 터라
초고추장에 찍어 먹어보니
고놈 참 보기보단 실속 있었네

어린 시절 못생겼다고 놀렸던
심퉁이란 고놈
언제나 하얀 눈 내릴 때면
겨우내 나를 사로잡고 있다네
고향 바다에서 잡히는 못생긴 도치를

도루묵 생선 택배 받던 날

고운 은빛으로
자르르 윤기 흐르며
고고하게 누워있는 싱싱한 어군들
금방이라도 튀어 올라
푸른 동해로 다이빙하며
꼬리를 힘차게 흔들며 내달릴 것 같은

살아 있는 듯한
반짝반짝 빛나는 저 늠름한 자태
스티로폼 박스 속에
진종일 갇혀 있었어도
동료들끼리 얼음 팩으로 위로해서일까
비루하지 않은 싱싱한 모습들

도루묵 생선을
들여다보며 고향 친구에게
고마워하는 촉촉한
내 마음 알았는지
어군들은 몸 바쳐 최고의 만찬
영양 만점이 되리라 서로 눈짓한다

새들의 유희

귓속이 쟁쟁거려 창문을 여니
개구쟁이들이 떼지어 재잘거리고 있다
단풍잎에 숨어 킥킥거리고
포로롱 포로롱 나무에 날아올라
가지를 흔들며 그네를 타고
풀숲에 총총히 숨어
'나 찾아봐라' 하기도 하고
짧은 다리 깡총깡총
서로를 쫓아 천진스럽게 놀고 있다
비교적 머리가 좋다는
고놈들의 술래잡기 모습
고것들의 날갯짓 모습
나뭇잎의 흔들림들
그냥 가만히 보고만 있는데
내 안에 태평스런 낙원이 그려지고 있다
한바탕 유희를 즐기던 꾸러기들
나의 오수를 방해 놓은 고놈들
허수아비를 허수로 아는 영특한 참새들
오늘 유난히 평화롭게 보인다

귀뚜라미 소리

달빛조차 월차 내셨나
어둠이 몸을 감아
차마 너에게 갈 수가 없구나

사랑의 세레나데
멋들어지게 열창하는 그런 네게
나의 창을 열 수가 없구나

네가 보고 싶어
불빛 들고 찾아 나서면
넌, 수줍어 꼭꼭 숨어 버릴 테니

내 맘은 이미 숲으로 가는데

경칩

겨우내 두 발이
꽁꽁 얼음에 갇히더니

춘삼월 경칩
긴 하품 재껴가며
개구리 동면에서 깨어나던 날

나도 펄쩍펄쩍
눈부신 햇살 따라 뛰고 있다

창조예술로서의 시적 지평 넓히기

- 시의 결마다 스며든 가치구현의 성취감

시집『바람의 둥지를 찾아』평설

창조예술로서의 시적 지평 넓히기
-시의 결마다 스며든 가치구현의 성취감

이성림(문학박사·명지대학 명예교수)

전순선 시인의 시격(詩格)은 온화·유순합니다. 순후(淳厚)합니다. 편편마다 맑은 수채화 한 폭을 보는 듯합니다. 나이테가 늘어날수록 연륜이 쌓이는 나무처럼 그윽한 시의 경지에 운치 있게 젖어 들게 합니다. 글감을 선택하는 안목을 통하여 시의 생활화를 실천하는 분입니다.

주지하다시피, 등단 20여 년이 되는 시인의 약력과 수상 경력을 통하여 그동안 얼마나 성실하고 진지하게 작가 생활에 진력(盡力)해 오셨는지 알 수 있습니다.

그 자체로는 소리도 없고 빛깔도 없는 언어가 시인의 솜씨를 통해 눈부신 각양각색의 모습과 색채로 빛을 발하고 있음을 그동안 간행하신『별똥별 마을』,『풀잎의 등』,『직립의 울음소리』에 이어 이번 제4 시집『바람의 둥지를 찾아』에서의 행보를 통하여 확인할 수 있습니다.

눈으로 보이는 찬란한 이면에 보이지 않던 부재의 사건들까지도 불러내어 상념에 잠기게 하는 현현(顯現)함으로 시적 세계관이 펼쳐지고 있음을 알 수 있습니다.

「시인의 말」에서 '들판의 푸른 원고지에 추억체로 쓴 가벼운 시 한 구절이 바람처럼 외로운 가슴, 가슴에 스며들기 바래봅니다'라고 소박하며 과탐(過貪)스럽지 않은 맑은 희구(希求)를 보여주고 있습니다. 온유함과 겸손함, 말없이 든든하게 그 자체로 지켜보고 있는 거목의 품격을 담은 시향과 시의 물결이 번져가기를 바라는 자연언어의 실천자이고자 합니다.

이제, 시인은 그 길에 나서는 지난(至難)한 마음을 「서시- 목마름의 길」에서 '턱턱 거리는 사막에서 오아시스를 만난 듯 영역밖에 숨어 있는 돌샘의 은밀한 언어를 캐내어 내 몸이 시로 물들기까지 그런 오랜 목마름의 길, 길인가보다'라고 사막과 가시밭길에서도 그치지 않고 시에의 탐색을 멈추지 않을 것을 다짐하고 있습니다. 독자로서 믿음이 가는 대목입니다.

창조예술로써 시의 본분에 충실한 실천 의지를 구현하고, 효용성과 실용성까지 내포하고 있는 미학적 가치로 승화시키는 본보기를 보이고 있습니다. 설득력 있는 문필로 채색하여 결마다 올올이 스며들게 한 예술적 가치와 그 완성도를 놓치지 않고 탐색해 봅니다.

자연언어의 요람- 꽃피고 꽃 지고를 완상(玩賞)

자연 생태계는 어디에서 시작하여 어디에서 끝나는 줄 모릅니다. 시작과 그 끝의 빛나는 시간 사이에는 꽃도 있고 가시도 있습니다. 그렇게 자연언어의 요람으로 찬란하게 다가오는 것이 시절을 담은 세상사이기도 합니다. 들풀도 있고 장미도 있듯이 인간 세상에도 기쁨과 황홀함이 있는가 하면 고통의 정점에서 울부짖기도 하면서 사계절을 점철하듯 살아가고 있다는 이치를 시인은 놓치지 않고 있습니다. 생명 순환의 세계를 눈여겨보고 있었던 것입니다.

춥고 긴 겨울의 터널을 용케도 견뎌 왔음이 다행이다 싶을 정도로 빛 부신 봄의 풍광이 온 세상을 채색하고 있습니다. 절기상으로 봄은 만물이 싹트고 샘 솟고 씨 뿌려 준비하게 하는 계절입니다. 얼어붙은 동토를 녹이고 불어오는 훈풍 속에 연둣빛 새싹에서, 진초록으로 흐드러져 잎 진 자리에 꽃피고 열매 맺게 하는 희망이 돋아나게 합니다. 봄날, 초록 빛깔의 녹색 물이 뚝뚝 떨어지는 듯 시인은 묘사하고 있습니다. 감추어진 꽃을 피우기 위한 준비 자세를 보이는가 싶더니 잠깐 외면하는 사이에 꽃대가 오르고 꽃을 피워 올리고 있습니다. 근원적인 목마름을 견뎌낸 통점(痛點)의 극치에서 피워낸 꽃에 대한 단상, 다사다연(多事多緣)한 사정을 담고 있는 봄꽃들에 관한 작품을 살펴보기로 합니다.

세상 바람 다 맞고/살 거죽 트도록 겨울을 견뎌낸 나무들/…//겨우내 찬바람 가득한 가슴에/누구도 들이지 못했던/갑갑한 시간들/좋았던 기억은 선명하게 떠오르나/몸은 그 시절 기억 못 해 잔가지 부르르 떤 다//단단하게 여문 봄 햇살이/꽁꽁 언 가슴에 남풍을 들이고/뒷산의 얼음을 밀어내고/낮의 길이를 조금씩 늘려놓고/나뭇가지마다 봉긋봉 긋 싹눈 틔우며 웃는//다시 봄날에/연둣빛 희망이 터지고 있다

- 「다시 봄날에」 중에서

시적 허용, 환상, 비약, 실험 등 시의 특성으로 살펴볼 때 새봄은 작년 에 왔던 그 봄이 아닙니다. 겨울을 이겨낸 자만이 다시 새로운 봄을 맞이할 수 있습니다. 봄은 일으켜 세우는 계절입니다. 「다시 봄날에」 를 읽음으로써 일어서는 법을 배웁니다. 저절로 일어서는 법을 자연스 럽게 터득하게 합니다. 이제 봄놀이를 나설 차례입니다. 상춘(賞春)을 만끽할 일입니다. 봄의 정취는 짧습니다. 그 짧음을 포착하여 즐기는 자 되고 싶다는 시인의 엷은 갈망이 행간에 감추어져 있습니다. 새봄 에는 스스로가 새로운 봄 길이 되어 견고하게 걸어 나가야 합니다.

누굴 위해/저리도 꽃단장 곱게 하고/예쁘게 웃고 있는 걸까//개나리꽃 은/화사한 거리를 만들고/백목련은 초연한 미소를 짓고/벚꽃은 흰 눈 처럼 흩날리고/연분홍 진달래꽃은 수줍은 듯 바라보고/이름 모를 풀꽃 들은 재잘재잘//아아 알았노라!//만삭이 다 된 계절의 여왕을 맞으러/ 꽃님들 분주히 움직이는 것을/…

- 「꽃들의 환영」 중에서

어이해서 잡초라 했는가/어이해서 풀꽃이라 했는가/새살거리는 청순함을 보았는가/간질이는 꽃바람 마중에 부끄러움 타는 듯/수줍게 서 있는 손톱만 한 저 몸짓들/골목길 시멘트 틈새에서/담벼락 밑에서 돌 틈에서/나무 밑동에서/보도블록 틈새에서/햇살을 모아/바람을 모아/이슬을 모아/진리처럼 생명을 품고/옹알이하듯 꽃숨을 쉬고 있는 저 기운들/…/봄의 공간에 한 호흡으로 빛나고 있는 저들을/난, 지상의 별꽃이라 부르고 싶다

「별꽃이라 부르고 싶다」 중에서

다시 봄을 맞이하여 계절의 순서대로 피어나는 꽃들을 나열하며 마치 환영하는 듯하다는 시인의 마음을 표출하고 있습니다. 이렇게 「꽃들의 환영」과 「별꽃이라 부르고 싶다」에서 봄 풍경에 대하여 대전제를 하고 난 다음에 각론으로 개별적인 봄꽃들의 모습을 특징짓고 있습니다. 다채로운 꽃들의 특색과 생명의 귀함을 별꽃이라 부르며 인정하고 싶어 하는 시인의 외경스러운 자연관을 짐작해 보게 합니다.

나무 밑동에 핀 노란 민들레꽃/보도블록 틈새에도 피고/담벼락 습한 곳에도 피고/어떤 환경이든 견뎌내는 의연함에/금빛 시선을 꼿꼿이 붙들고 있다/…/꽃 한 송이 피우기 위해/뾰족한 화살의 잎들이/포복하듯 엎드려 에워싸며/푸른 제복의 호위병처럼/제 꽃대를 분신처럼 지키고 있었다/덕분에 민들레꽃은 사람들에게/후미진 곳에도 민들레 민들레 노래하며/더 고운 시선으로 행복을 주고 있다

「민들레꽃」 중에서

사색하며 걷는 나지막한 언덕길에/흐드러지게 핀 개나리꽃/병아리 떼 종종거리며/길목마다/샛노란 웃음/무리 지어 터뜨린다/…/천진스러운 봄날 눈 맞추며/납작했던 하루가 해맑게 부푼다

– 「개나리꽃」 중에서

…/봄나물 캐다 꺾어온/연분홍 진달래꽃/저고리 앞섶 한아름 안고/수줍게 웃으시던 어머니/시절이 억척스러워/그저 무심했던 여자 여자/머릿수건 하얗게 두르고/펑펑 일만 하는 엄만 줄 알았는데/그 가슴에 분홍 꽃물 곱게 물드는 것을/꽃처럼 환하던 어머니의 얼굴/석양빛 내 가슴에 참꽃으로 피고 있다

– 「진달래꽃」 중에서

오월이 눈부시게 빛나는 건/꽃향기 퍼 나르는 아카시아 때문이지//오월의 밤이 아름다운 건/꽃등이 조롱조롱 어둠을 밝히기 때문이지//…/꽃이라 하며 향기에 취하는 사치를 부려본다

– 「아카시아 꽃」 중에서

이렇게 봄꽃의 대표라고 할 만한 민들레, 개나리, 진달래, 아카시아를 통하여 지난 겨울의 아픔을 딛고 살아 있음의 존재를 보여주고 있습니다. 꽃들의 향연이 온 천지에 펼쳐지고 있는 봄의 정서, 질서정연한 자연의 이치를 화려한 문양으로 다양하고 풍요롭게 실어놓고 있습니다. 미세한 파동(波動)으로 번져오는 봄 잔치의 빛 부신

작품들을 만날 수 있습니다. 영글게 빚어주신 시인의 충만한 정서와 상상력과 시적 기교의 묘사력에서 작품의 완성도를 볼 수 있습니다. 사람은 사람의 일을 수행해내듯이 꽃은 꽃의 자리에서 꽃의 일을 해내고 있습니다. 인간이나 꽃이나 일생을 살아가는 동안 온갖 일을 겪어 나갑니다. 아픔의 극치에서 역설적이게도 가장 영화로운 꽃을 피워 올릴 수 있다는 시인의 인생관을 엿보게 합니다. 영혼의 파동, 출렁임을 느끼게 만드는 아픔의 꼭짓점에서 봄을 만끽하며, 꽃을 보는 즐거움과 함께 이면의 아픔도 사색할 것임을 시인은 「장미꽃의 낙화」에서, '붉은 심장 터지도록/도도한 가시 세워 … 바람에 스러지고/빗소리에 놀라 주저앉으며/그 화려했던 자태들 발아래 밟히네'라고 놓치지 않고 있습니다. 인생의 나이테를 은연중 내포하고 있는 시인의 깊은 성찰을 보여주고 있습니다. 부재중의 존재를 기억하라는 시인의 주문을 기억합니다.

숲속의 이야기- 순환구조를 이루고 있는 섭리

유한한 인생에 비하면 영원한 순환구조를 지켜내고 있는 자연의 신비는 놀랍도록 외경스럽습니다. 언어로 표현된 은유가 응축되면서 함축된 아름다움을 빚어내는 시인의 재능과 주제의 일관성에 감복하게 됩니다.

시적 변용을 물들이고 있는 사랑의 정서는 지극히 충만한 기쁨과 고요한 적막감 속에서 태초와 다를 게 없다는 것을 보여주고 있습니다. 누가 가르쳐주거나 일러주지 않아도 적요(寂寥)한 가운데 신비로운 생의 원리는 오고 가는 것이고, 자연스레 이루어지며 저절로 터득되는 것임을 시인은 작은 노랑나비의 움직임에서 신비스럽게 보여주고 있습니다. 비밀의 언어는 여러 곳에서 다양한 빛으로 전달되고 있습니다. 생명의 잉태를 위한 몸짓은 성스럽고 아리기도 합니다. 때로는 기다림의 자세를 요청하면서 소멸의 아픔이 이미 내포되어 있나는 함축적 의미를 보여주고 있습니다. 생명 의식의 발현을 가만히 지켜보는 고요함이 동반되는 환희로움 앞에 사랑은 결실을 일구어내고 있다는 것을 시인의 심안으로 내다보고 있습니다.

경계의 허공을 구르며/한 잎의 생(生)이 떨어지고 있다/기력이 쇠잔하여/덩그렇게 이별을 고해야 하는/저 쓸쓸한 나뭇잎의 마지막 순간//⋯/자연의 섭리를 역행할 수는 없다고//영영 머무를 수 없는/다시 돌아갈 수 없는/나뭇잎의 저승길은 어디쯤일까//영원한 생을 누릴 것 같은/인간의 생사生死도/갈잎처럼 흔들리는 저 이치理致 아닐까

- 「자연의 섭리」 중에서

인생도 자연의 일부분입니다. 그렇듯이 생성과 소멸은 반복을 이루

고 있는 순환구조입니다. 아무리 지지 않겠다고 애원해도 결국 본원으로 회귀하게 되는 것이 자연의 이치입니다. 자연을 어그러뜨리면 자연이 우리 인생을 후려칩니다. 사랑의 결실은 그래서 아픔입니다. 본질은 절대로 외면할 수 없다는 자연의 이치, 섭리, 신비를 잘 보여주고 있습니다.

  1) 나른한 망태기에 숲 맛이 번진다/난, 지금도 그 맛을 잊을 수가 없다/
   산머루 산딸기 한 움큼 따다/어린 내 입에 들어가던 날/당신의 맘은
   늘 푸른 산에 있다는 것을/아버지 사랑의 원천이 숲인 것을
  2) 초록빛의 신선한 공간에 들면/무명의 난, 주인공이 되어/내 안에 선
   한 바람, 치유의 바람이 불고/또 좋은 시상詩想을 얻을 수 있는/최고
   의 명약, 보약 같은 곳이다

- 「숲의 맛」 전문

인간은 숲속에서 위안을 받고 의탁하며 살아가고 있습니다. 지치고 힘든 육신이 휴식을 취하러 숲속에 들어갔을 때 비로소 안식을 취하고, 지친 몸과 영혼에도 새로운 기운을 얻어 돌아오게 됩니다. 숲과 가까이하는 위무(慰撫)의 삶은 현대인들에게 절대적으로 필요합니다. 아버지께서 어린 날 망태기에 따다 주시던 산머루 산딸기의 힘으로 오늘날 시인은 그 정서 안에서 아버지를 만나고 시의 이미지를 얻으며 보약, 명약이라고 숲을 찬미하고 있습니다.

노랑나비 한 마리/나풀나풀 날갯짓 몸짓으로/꽃과 나무를 그리고/향기마저 불어넣은 낙원을 꾸미네//잡힐 듯 말 듯/온몸으로 곡예하며/혼신으로 이뤄낸 평화로움/…/훨훨 하늘하늘 하늘로 간 노랑나비

–「노랑나비」 중에서

…//그 이름 너무도 청아하여/사람도 오래 머물지 못하며/천하 절경 신비로운 저 영성에/덧없는 욕심들 가벼이 걸어 나오네

–「설악산 대청봉」 중에서

숲에는 나무와 꽃들만이 아니라 온갖 곤충 동물들도 함께 하고 있습니다. 봄날의 정취뿐만 아니라 겨울날의 눈 내리는 기암괴석도 함께 어우러져 있습니다. 숲은 그 모두를 끌어안아 적절히 조화를 이루며 자연의 섭리를 묵언으로 보여주고 있음을 시인은 간파하고 있습니다. 숲의 가치를 인식하며 숲속에서 자연의 위로를 안식으로 삼아 다시 가파른 인생길을 헤쳐 나가게 됩니다. 문학적인 작품성에 가미된 자연언어로서의 숲 문화 확산이라는 효용성을 시인은 갈파하고 있습니다. 생명 존중의 정서를 폭넓은 인문학적 배경의 옷을 입혀 구현하고자 노력해 온 시적 세계관을 무리하지 않게 보여주고 있습니다.

글감 선택의 안목- 바람, 그 존재감의 극대화

시인은 사소하게 생각하거나 스쳐 지나갈 글감을 먹잇감 포획하듯이 낚아채어 시작(詩作)으로 승화시키는 글재주가 있습니다. 시인의 그러한 표현방식은 자연 현상 중 바람에 유난히 천착하는 데에서 드러납니다. 바람의 속성에 대하여 생각해 봅니다. 바람은 한곳에 정착하지 못하며 그 크기와 결이 다양한 이미지를 갖고 있습니다. 폭이 큰 자연언어입니다. 생활 속에서 놓치기 쉬운 것에 의미를 부여하는 작가적 시도에서 그 상상력을 눈여겨보게 됩니다. 시언어의 맛이 살아있으며, 의미망을 넓히고자 하는 작가 의도를 읽어 낼 수 있습니다. 일상적이면서도 친근하며 때로는 새롭기도 하면서 상투적이지 않은 시적 이미지를 구사하고자 시인은 부단히 고심하고 있습니다.

나뭇가지 끝이/살랑살랑 춤추는 것은/꽃향기 실은 봄바람이/살며시 흔들어 놓기 때문이다//바닷물이 햇살 아래/하얀 파도로 부서지는 것은/남풍이 푸른 엉덩이 치며/짓궂게 흔들어 놓기 때문이다//하늘의 구름들이/유유히 흘러가는 것은/바람난 봄바람이 꽃술에 취해/훨훨 실어가기 때문이다

- 「봄바람」 전문

계절마다 바람의 속성은 특색이 있습니다. 시인은 특별히 만물이 싹

트는 봄에 대한 묵상을 많이 한 작품들의 세계관을 수록하고 있습니다. 봄은 얼어붙은 동토(凍土)를 훈풍으로 녹여주고 새 생명의 씨앗을 뿌리기에 적기(適期)입니다. 온갖 만물을 흔들어 잠 깨우는 봄바람의 무한한 의미망을 넓히며 시인은 섬세한 관찰로 묘사해내고 있습니다. 생동감의 파동(波動)을 생생하게 묘사하고 있는 시적 기교를 눈여겨봅니다.

바람의 그림자를 그대는 보았는가/눈에 보이지 않는다고/함부로 비아냥거리지 마라//바람은 유령처럼 다가와/나뭇가지를 흔들며/깃발을 날리며/옷자락을 흔들며/그렇게 다른 몸을 빌려/자신의 그림자를 만들어 보이며/우리 곁으로 다가온다//그림자 없는 그들은/잎 새의 손을 흔들며 무던히 존재를 알리는데/그대는 왜 그걸 모르는 걸까

－「바람의 그림자」 전문

바람의 속성은 가만히 있고자 하는 대상을 가만히 놔두지 않습니다. 부재를 통하여 오히려 존재감의 극대화를 노리고 있습니다. 보이지도 않는 바람의 결은 오로지 촉각과 청각으로 느낄 뿐입니다. 시인은 그러한 바람의 속성을 깊이 있는 통찰을 통하여 그림자로 그려내고 있습니다. 바람처럼 보이지 않는 것을 드러내는 통찰력을 가지고 있습니다. 그림자로 존재하는 바람의 위력과 그 의미를 잘 포획하여 많은 인생 철리(哲理)를 사색하게 합니다.

바람은 오늘도/쉼 없이 나를 흔들고 간다//낯선 바람 하나/서쪽 능선에 주름 길 내며/하얗게 바래지도록 흔들어댄다//그래도 난,//친구들 눈동자 속에/여전히 18세로 흔들린다//…

- 「바람은 흔들고 가지만」 중에서

…//눈 감으면/만질 수도 있고/느낄 수도 있고/볼 수도 있어//떠도는 바람마저/내 안에 들어와 숨을 쉰다//미세먼지/황사바람/공기청정기 모르는/바람의 어린 민낯을 보니 상쾌함뿐이다//다시 눈을 뜨니/도시의 바람은 텃세처럼/여전히 야생의 민낯 공기를 밀어내고 있다

- 「바람의 민낯」 중에서

섬세한 시인의 감각은 바람의 결을 놓치지 않습니다. 그러면서 결마다의 추억어린 지난 시간과 인물들을 상기하고 있습니다. 바람의 종류도 많다는 것을 시인은 인지하고 있습니다. 아울러 바람의 크기까지도 가늠해 가슴 속에서 음미하며 적절히 균형 감각을 유지하고자 합니다. 사람에게 민낯이 있듯이 바람에게도 야생의 민낯이라는 독특한 표현법으로 창조하고 있습니다. 눈 감아야만 보이고 들리고 느껴지는 바람은 내 고향 산천에도, 도시의 황량함 속에서도 원시적인 민낯으로 오늘도 내일도 들이밀고 불어올 것임을 시인은 예지하고 있습니다.

…/귓가에 서성이는 산바람에게/나도 바람 되어/아름다운 산과 들/마

음껏 쏘다니고 싶노라고//눈감고 두 팔 벌려/들판을 넘는 바람 앞에/허수아비처럼 흔들리며 선다/차마 외로운 맘 두고 갈 수 없어/입술 들먹이는 들바람에게/나도 바람 되어/그리운 청춘의 날로/바람처럼 달려가고 싶노라고

- 「바람이려오」 중에서

산바람, 들바람에게 나도 바람 되어 마음껏 쏘다니고 싶으며 바람처럼 달려가고 싶다고 토로하고 있습니다. 이것은 바람의 속성을 잘 간파하였기 때문에 나올 수 있는 표현입니다. 바람은 시공간을 초월하여 어느 곳으로건, 어느 때로건 갈 수 있습니다. 그렇듯이 시인의 마음은 거침없이 온 세상으로 쏘다니며 옛날의 청춘 시절도 불러 놓고, 보이지 않는 세계까지 닿을 수 있게 만드는 것이 바람이라고 자신의 마음을 얹어 놓고 있습니다.

진실의 시간을 비틀고/얄팍한 입술들이 허튼 바람을 모은다/…/아, 이제는/가슴이 뛰지 않는다/다시 뜨거운 열정이 생길까?/틈틈이 잠긴 내 안에/구름 몇 점 빗줄기로 다가와/무용한 시간을 씻어내듯/가슴 속 변방을 흔들며 젖어든다/붉은 입술에 선동된 바람의 모사(謀士) 물고 다녔던 골목 바람/올곧은 빗줄기에 제 두 귀를 씻이덴디

- 「바람의 모사」 중에서

광풍 몰아치던 순간도 어느덧 말라비틀어지는 순간이 될 수도 있음이 인생에는 있습니다. 감춰져 있던 열정의 소용돌이는 싹을 보

이는가 싶었는데 이내 구름 속 빗줄기로 다시 식히게 됩니다. 심술 사나운 모사꾼 같은 바람도 끝내는 곧은 모습으로 빗줄기에 귀를 씻어대며 안착하게 됩니다. 바람에 순응해야 한다는 순리적인 삶을 자연스럽게 노래하고 있습니다.

사월이 끝나갈 무렵 꽃향기 따라/바람 바람 들바람 찾아 떠난다//7번 국도 진부령 넘어/내 뼈마디 자란/곰살궂은 바람의 모태를 만나니//송지호의 들꽃이 까르르 숨 쉬고/드넓은 바다에서 푸른 차를 마시니//오장육부 뚫리는 상쾌함이란//마스크 벗은 얼굴들/그리움 차오른 봄, 봄을 걸으니/가면 뒤에 숨었던 익살스런 마음도 보이고//화진포 솔바람도 안부처럼/내게 둥지를 틀며 솔솔 긴 여운을 남긴다

– 「바람의 둥지를 찾아」 전문

이번에 출간하는 시인의 제4 시집 표제작인 『바람의 둥지를 찾아』는 희망을 주는 작품입니다. 마스크를 벗었다는 표현에서 근래 집필하신 듯합니다. 바람도 때로는 쉴 공간을 찾는 듯, 둥지를 찾아 다닌다는 관찰력은 시인만의 독특한 감각입니다. 그렇듯이 바람도 사람처럼 때로는 꾀를 써서 무언가를 모색하고자 한다는 것입니다. 코로나의 굴속을 헤치고 나온 바람처럼 사람들도 가면 뒤에 숨기고 있던 본모습을 비로소 보이고 있음을 간파한 것입니다. 화진포의 솔바람은 고향 냄새를 품고 있는 원시적인 망향의 모태(母胎) 속

으로 둥지를 트는 여운으로 스며들게 합니다. 바다 색깔과 같은 푸른 차는 시적인 비유로도 탁월합니다. 푸른 바다와 푸른 차의 시각적 이미지를 자연스럽게 살려내고 있습니다. 바람도 때로는 쉴 둥지를 찾는다는 발상의 신선함, 바람도 둥지를 찾아 깃들이고 싶다는 바람의 염원을 시인은 사유해 낸 것입니다. 그리하여 둥지에서 잠시의 숨 고르기를 한 후 다시 본연의 모습으로 더 크게 비상하고 날아오르기를 꿈꾸는 것입니다.

관계망 설정의 인생 이야기- 모성을 품고 있는 속내

모성애는 모든 인류 공유의 감정입니다. 생명을 잉태하고 수유하며 품에 안고 세상을 인고(忍苦)하며 살아가는 모성 이미지는 감히 견줄 것이 없습니다. 어미 된 자의 그 너른 품은 잴 길이 없는 무량(無量)함입니다. 그래서 모성애는 인간의 존엄성으로 확대됩니다. 시인은 그 정서를 놓지 않고 있습니다. 특별히 자전적인 내용을 담고 있는 어머니 아버지를 글감으로 한 시인의 성찰은 올곧은 사실성을 밑바탕으로 하고 있어서 실감이 납니다. 어머니에 대한 편수가 조금 많은 것으로 보아 사모의 깊은 속내를 품고 살아온 시인의 인생에, 지대한 회한으로 자리하고 있는 선명한 작가 의식을 엿볼 수 있습니다.

창포물에 머리 감아/동백기름 윤기 나게 바르고/참빗으로 곱게 빗질
하시던 어머니//한때는 자식들 성화에/신식 머리 짧게 자르고/성서의
삼손처럼 기운 잃으시더니/어서어서 머리 자라길 바라셨던 어머니//뼛
속까지 짓무른/백발이 성성한 세월에도/긴 머리 야무지게 감아 올려/
조선 여인의 멋을 꽂았던 유일한 장신구//바람 한 자락에도/쉬어가야
하는 여든일곱 고개/숨찬 호흡에도/은비녀를 고집하셨던 어머니/어쩜
지아비의 먼 그리움이 있었던 것일까…

- 「어머니의 유일한 장신구」 전문

어머니의 모습을 마치 앞에다 불러 앉혀 놓고 있는 듯, 시인은 깊
은 심호흡을 하였을 겁니다. 어머니의 일생이 작품 속에 들어 있습
니다. 전통적인 여성의 이미지를 고수하셨던 어머니의 올곧음과 시
속을 따라 사시던 그 세월이 담겨 있습니다. 고달픈 인생사에서도
유일하게 고집하신 장신구 은비녀에는 어머니의 정신이 그대로 담
겨 있음을 인지하고 있습니다. 작품 속에서 지아비에 대한 그리움
을 짐작하면서 지어미의 정신적인 자세를 은비녀 고집으로 보여주
고 있습니다. 그렇게 시인의 어머니는 자식들 앞에 한 치의 흐트러
짐 없는 정신의 승리자 이미지로 부각 됩니다.

크지도 않은 작은 몸통에서/무얼 그리 가꾸고 만들어 내는지//작은 씨
앗/선물로 품에 안겨주면/흙 속에 뒹굴며 좋아라 감사하여//열 배 스
무 배/그보다 더 많은/탐스런 열매로 주렁주렁 되갚음한다//체구는 작
아도/예전 울 엄니를 닮아/생산은 가리지 않고 잘도 한다

- 「텃밭」 전문

모정으로 묶어지는 융합의 세계관 구축은 철옹성 그 자체입니다. 모성애는 열 배 스무 배로 기적을 일구어냅니다. 텃밭에서의 소출은 풍요롭기만 합니다. 어머니의 힘입니다. 작은 텃밭에서 생성해내는 어머니의 이미지가 상승구조를 이루어 시적 성숙도를 더 하고 있습니다. 품 작으신 어머니가 어마어마한 큰 산 같은 모성 이미지 형상으로 드러납니다. 시인에게 포착된 이미지의 극대화로 텃밭에서 우주를 품고 있는 어머니를 그리고 있습니다.

노름판에서 돈을 많이 딴 사람이/푼돈을 나눠준다는, 개평/조선시대 도박에서 유래된 말이라는데/오일장터에 장 보러 나간 엄니는/오이를 살 때 개평 하나 달라 하고/감자 한 소쿠리 살 때도 개평 좀 달라고 한다/복숭아는 물큰 거라도 꼭 개평을 얻는다//…/엄니 떠난 수십 년/까맣게 잊고 살았던 단어 한 마디/오늘 불쑥 내 입술에서 개평이 툭 튀어나왔다/생소한 단어에 찻집의 화초들도 놀라/푸른 귀 세우며 다가앉는다//내 삶 어디를 클릭해서 순간 튀어나왔을까/혀 밑에서 늙어버린 언어 하나가

- 「개평」 중에서

긴 장마 끝에 달려온 이상기온/장대비 먹고 자란 여름은/좀촘한 스크럼으로 덩치를 키우고 있다//… 큰놈은 에어컨으로 상대하자/웬걸,/벽 속에서 카랑카랑한 목소리가 튀어나온다/"전력 과다로 정전이 우려되니/에어컨 사용을 자제해 달라"고 어쩌나//어릴 적 울 엄마는/손부채 하나로 더위를 잘도 쪼개셨는데/멍석 깐 마당에 얼씬도 못 했는데/밤

하늘 별들도 시원타 빛나곤 했는데……

-「무더위를 쪼개며」 중에서

어머니는 내 삶의 구석구석 어떤 곳에서든, 어떤 형태로든 스며들어 있고 녹아들어서 나의 정신과 온몸에 함께하고 계십니다. 감추어진 기억 속 언어 하나에서도 어느 날 불쑥 어머니가 나옵니다. 어머니를 다채로운 모습으로 기억하고 있는 시인은 마냥 정겨워합니다. 아무리 늙어가더라도 어머니를 특징 지우는 언어 하나와 추억의 손부채 행위로 시인을 살아가게 하는 원동력을 만들어 내는 어머니의 힘입니다. 그 어떤 문명의 이기와도 대적할 수 없는 어머니의 모성애를 시인의 작품을 통하여 각성하게 됩니다.

황금빛 노을 드리워진 상상역에서/왠지 생경한 은하철을 타고/우주의 먼 은하계를 여행하고 싶다/어느 별에 내 사랑하는 눈물의 존재가 있을까/…//스스로 빛나는 별천지에/밤새 별별 이야기로 반짝거리지만/몇 광년이나 떨어진 지상의 자식 못내 그리워/신화 속 은하수 다리를 건너/별들이 총총 멍석 위로 쏟아지던 그 마당으로 오실는지//내 눈물의 존재를 찾아/오늘 밤 꿈속 열차로 신비한 모험을 해보는 거다/…//어머니의 눈물 기도로/ 쉼 없이 채워지는, 밤하늘 수호자처럼 떠있는 물병 하나/내 안에 은하수로 흐르고 있다/은하수 한 사발 들이키니 눈물이 보인다/별빛으로 빛나는 어머니의 사랑이

-「쉼 없이 채워지는 물병」 중에서

엄마 무릎을 베고/낮게 드리운 보름달을 바라본다//…/어린 내겐 너무
도 신기해 보여//"엄마, 왜 토끼가 달에서 방아를 찧고 있어?"/"사람들
에게 행복을 주기 위해서지"//그렇게/한 달에 한 번/보름이 만월로 차
오를 때마다/쿵덕 쿵덕쿵 절구질하며/둥근 쟁반 수북이 행복을 빚어/
쓸쓸한 가슴마다 골고루 희망을 주었나 보다//…

- 「옥토끼」 중에서

모성애에 대한 갈망과 결핍을 채우고자 하는 간절한 심정들이 행간
에서 간간이 드러나고 있습니다. 어머니는 어떠한 상황 속에서도 채
워 주시는 분이고 희망을 주시는 분입니다. 어머니 스스로는 세상
살이가 만만치 않다는 것을 다 알고 계시면서도 현실의 어려움을
상상역에서도, 옥토끼가 방아를 찧고 있다는 달나라에서도 초월적
으로 자식에게 해결사의 모습으로 전지전능하게 나타납니다. 시공
간을 초월하는, 진정 초월적 존재가 어머니입니다.

마을에 잔치가 있게 되면/이틀 전부터 엄마는 잔칫집에서 음식을 만드
시고/동네 아주머니들과 함께 손발이 척척/맛있는 잔치 음식을 준비
하셨다//…/이름조차 잊고 살던 그 시절에/앞집 딸 시집갈 때도/건넛
집 아들 장가들 때도/어머니들은 그렇게 따뜻한 품앗이로/이웃의 애
경사를 소중하게 여기며/동네잔치로 떠들썩하게 지내며 살아왔다//
지금의 품앗이는 어떤가?/…/하얀 축의금 봉투 건네면 다한 듯/또는
계좌이체 시키고…/신랑 신부 축하도 못 한 채/입 안에 뷔페 음식 한
입 밀어 넣고/모래알처럼 씹으며/황급히 사라져 가는/ 하객의 뒷모습

들//마치 영혼이 없는 인간처럼/가슴엔 얼음 심장 박고 살아가는 사이
보그 인생들 같다

- 「품앗이」 중에서

겨울밤 다듬이 소리/애잔한 리듬이 가슴을 파고든다//소녀는/호기심에
방망이 들고/마주 앉은 엄마와 리듬을 맞춰가며/소리 장단을 만들어낸
다//…//이불 홑청 두드리는/모녀의 방망이소리 한껏 흥을 돋운다//높고
낮은/빠르고 늦은, 운율 속에/옛 여인의 애환들이 가슴 가득 퍼져온다

- 「다듬이 소리」 중에서

세뱃돈 천 원이던 시절/텅 빈 호주머니가 두둑해지는 설날이다//골목
을 누비던 아이들의 시간은/바람이 들처업고 유유히 사라지고//손 안
에 움켜쥔 세월도/물살처럼 빠지는 공허한 설날 아침//울 엄마처럼 천
원짜리를 풀어볼까/그 시절 쌈짓돈이 통할까//세종대왕, 신사임당 좋
아하는 손(孫)들에게/퇴계 이황 선생의 마법이 쉬이 통할까?

- 「세뱃돈」 전문

어머니는 이렇게 시인의 생활 모든 곳에 계십니다. 「품앗이」를 통하
여 어머니 시절과 요즈음의 세태를 쓸쓸히 비교해 보는 시인의 바
람 가득한 스산함이 느껴집니다. 정겨운 미풍양속이 그리워지는 아
쉬움을 달래보고 있습니다. 「다듬이 소리」도 그리운 어머니와 시인
을 연계시켜 주는 정겨운 소리로 전달되어 옵니다. 추억의 한 갈피
속에서 들리는 듯합니다. 어머니와 마주 앉아 다듬이질하던 소녀

의 모습으로, 시인의 소녀 시절이 반추되는 효과가 있습니다. 「세뱃돈」의 상상력은 재미있습니다. 역시 시절의 변모가 보입니다. 세태의 바뀐 모습을 잘 보여주고 있습니다. 시인은 이렇게 소소한 일상사를 놓치지 않고 가슴 속에 묻고 살아가는 듯하지만 어떤 순간에서 물밀듯 밀려오는 어머니를 한순간도 놓치지 않고 있음을 알 수 있습니다.

눈을 감고 있어도/눈을 뜨고 있어도/떠날 수 없어/두 눈 속에 머물러 있는 당신//눈물 같은/강불의 시간들/등조차 보이지 않는/바람처럼 하얗게 흘러 흘러갔어도//어인 까닭인지/아직도 내 두 눈에 눈물로 흐르는 당신/저문 들녘에 기대어/가만히 눈 감으면 더 차오르는/어머니, 어머니

– 「아직도 눈물로 흐르는 당신」 전문

세상살이 힘들고 고달파도 병풍같이 받쳐주는 어머니의 일생을 그려봅니다. 눈물로 흐르는 어머니 덕분에 우리 형제들은 쓰러지지 않고 잘 살아왔다는 감사의 마음도 설 비칩니다. 쌩쌩 바람 부는 한기(寒氣) 가득한 현실 속에서 휘청거릴 때도 어머니의 온갖 희생으로 시인은 온전하게 살아올 수 있었다는 행간이 느껴지는 더운 작품입니다. 어머니의 눈물은 그 무엇으로도 갚을 수 없음을 시인은 인지하고 있습니다. 이제 안온한 형제애, 우애 등의 연정까지도 함축하는 넓은 의미망으로 포섭되어 뜨거운 모성애로 다가오고 있습니다.

검정 두루마기에 뿔테안경 쓰고/고요히 숨을 쉬는 듯/홀로 앉아 계신 정지용 선생님을 마주하니//문득 1902년 같은 해에 출생하신/내 아버지의 모습이 아련히 떠오른다//가끔 우두커니 홀로 앉아 계시던/아버지의 맘도 그런 마음이셨을까?/아버지의 아버지를, 아버지의 어머니를……/살며시 정지용 선생님 곁에 앉아 눈감아본다//아, 나도 눈감을밖에

- 「정지용 문학관-아버지 마음도 그러셨을까」 중에서

방구들 아랫목에/가부좌 틀고 바위처럼 앉아계시던 아버지/묵상인 듯 회상인 듯 지그시 감은 눈/조선의 바람도, 대한의 바람도 아닌/눈치 없는 시간들이 시린 무릎을 파고든다//…저녁나절에야/돌문을 밀고 나온 묵상 하나/겨울 들판에 휑하니 흔들리는 가슴/단단했던 올방지 근육은 점점 빈 무릎이 되고/깊어진 일몰 속에/아버지의 움켜쥔 그 시간만이 무릎을 감싸고 있다

- 「아버지의 올방지」 중에서

어머니와 아버지는 나를 이 세상에 태어나게 해 주신 절대적인 분으로 그 무엇과도 비견할 수 없는 존재입니다. 정서적으로 어머니를 노래한 작품의 편수가 많지만, 아버지를 회상하는 위 두 편 작품의 세계관은 깊고도 깊습니다. 문학관에 가서 정지용 시인도 만나고 아버지도 불러옵니다. 아버지께서 가부좌로 앉아계시는 모습도 함께 따라옵니다. 시인의 깊은 효심이 형상화된 시의 구조 속에서, 삶의 원리를 새겨놓고 있는 작품 여러 편을 볼 수 있는 청복(淸福)을 누릴 수 있었습니다. 숭고한 인생의 깊이를 모성 이미지로 승화시켜 놓고 있습니

다. 시인이 꿈꾸는 공동체적인 삶의 구조는 인간과 자연, 자연과 인간의 관계망 설정을 통하여 이상향을 실현하는 가족 형태로 드러나고 있음을 확인할 수 있었습니다.

감내(堪耐)해온 세월- 내 인생의 한 페이지들

시인은 자신의 체험을 시적 이미지로 융합시키고 표현하는데 특별한 의장(意匠)이나 꾸밈으로 가리지 않고 진솔하게 드러내고 있습니다. 깊은 삶의 내력과 살아온 저간의 세월에 대한 성찰이 시의 행간 틈새를 메꾸고 있는 자기 고백적인 작품들이 돋보입니다. 시대상과 함께한 그간의 신산(辛酸)스러운 삶을 뒤돌아보면서 이제는 옛 말하고 살만한 여유로움도 함께 표출하고 있습니다.

> 바람 젖는 날엔/허공을 당기는 풀꽃이 피고 있다//겨울이면 땅속에 죽은 듯 잠들다/용케도 봄이 오면 나 살았노라/빠끔히 고개 내미는 손톱만 한 새싹들//사방팔방 혜집은 철부지의/죽은 듯 지워진 조각들이/노을 속 선명하게 들앉은 간성읍 신안리 88번지//그곳에는 늘/키 작은 풀꽃 하나 아련히 피고 있다
>
> - 「신안리 88번지」 전문

태(胎)를 묻은 가슴 아리는 「신안리 88번지」에서 시인은 자신의 지

난 세월을 회상하고 있습니다. 역시 바람이라는 분위기를 밑그림으로 하여 서정적인 추억을 들추어내고 있습니다. 용케도 추운 겨울을 이기고 싹을 내미는 풀꽃처럼 자신도 용하게 잘 살아남았다는 대견함을 빗대어서 말하고 있습니다. 감내해 온 그간의 세월을 어찌 다 이르리오마는 이제는 마음의 여유를 가지고 회상하는 시인의 눈결이 슬며시 젖어 있는 듯하지만, 그것은 맑은 자족감의 꽃 피움임을 알 수 있습니다. 이렇게 꽃은 최고치의 통점(痛點)에서 참고 견뎌 온 끝에 피워내는 대견한 물증이라는 것을 보여주고 있습니다. 결국, 자신 삶의 뿌리를 찾아 물주고 가꾸어나가 꽃을 피워 올릴 것이라는 자기 삶의 주인으로서의 자각을 잘 표현하고 있습니다.

단발머리 열 살 소녀는/나비 고무신을 신고 훨훨 날고 싶었다 …//오빠 목소리가 들렸다/"그렇게 뛰지 말고 살살 걸어라"/"응? 왜?"/"새신발이 금방 닳잖아"//소녀는 멈칫하더니/신발을 손에 들고 맨발로 걸었다/시골 신작로는 따끔따끔 발바닥을 아프게 하였다/소녀는 다시 신발을 신고/살금살금 걸어가며/"이렇게 걸으면 신발이 안 닳아?"/오빠는 고개를 끄덕이며 엷은 미소를 짓는다/그 시간 들추며 나도 미소 짓는다/

- 「나비 고무신」 중에서

…//햇살같이 맑은 유년들이 모여/하늘 아래 신선 놀이를 즐기고 있다//목자차기 딱지치기/구슬치기 땅따먹기/줄넘기놀이 공기돌놀이/고무줄놀이 숨바꼭질놀이//… 반듯반듯 사라진 개발에도/먼 골목의 끝이 꿈틀꿈틀 일어나 마중 나온다

- 「골목의 아이들」 중에서

「나비 고무신」과 「골목의 아이들」에 담겨 있는 시인의 유년 시절 한 페이지가 가슴 아리게 어제 일처럼 떠오릅니다. 추억을 살려내는 솜씨와 기교가 매우 자연스럽습니다. 체험의 소산을 무리하지 않고 자연스럽게 잘 살려내고 있는 작품입니다. 오빠와 골목 친구들의 다정다감함 속에서 시인의 정서는 순수하고 순후(順厚)한 풍경을 실감 나게 되살려 따스한 온기를 품고 있는 듯합니다.

내가 초·중·고등학교 다닐 때/국어시간 교과서에서 배우기를//하였읍니다, 장마비, 첫눞, 뵈요, 몇일, 할께요 등//이렇게 배운 것 같은데//학교를 졸업한 지/수십여 년 만에/우리 한글들이 요렇게 변해 있었네//하였습니다, 장맛비, 첫돌, 봬요, 며칠, 할게요 등//내가 아는 글이라곤/대한민국 한글뿐인데/쉽다는 우리 한글 자주 혼돈스럽네//자꾸 변하면, 나도 자꾸 하얗게 바래지는데/그럼 난, 옛날 사람되는 건가?

- 「나의 한글」 전문

시인은 그동안의 경력을 통해서 볼 때 평생 공부의 끈을 놓지 않고 살아오셨음을 알 수 있습니다. 「나의 한글」 작품에서 언어는 고정불변의 것이 아니라 변화의 속성을 가지고 있다는 것을 인식하고 있습니다. 그리하여 배워 익히지 않으면 옛날 사람이 되고 말 거 아닌가 싶어 끊임없이 익히고 배우고자 하는 시인의 공부 의지를 볼 수 있습니다. 시 제목과 내용이 학습에 대한 열의를 내포하고 있으며 앞으로의 시간도 새롭게 바뀌는 것, 문자뿐만 아니라 새로운 문물도 받아들여야 한다는 의미망의 확장을 가늠해 보게 합니다.

잿빛으로 물든/어느 날 오목한 나를 열어보니//글쎄 내 안에/풀피리 소
리 가득 차오르고/개울물 소리 개구지게 흐르고/빨랫줄엔 흰 바지저고
리 펄럭대고/아궁이 불통은 폭죽처럼 터지고 있었다//삶에 속박되어//
꽁꽁 닫혔던/석양빛 가슴 활짝 여니/고향의 먼 옹알이 소리가 들리는
것을/나의 심장이 뛴다는 것을
- 「어느 날 나를 열어보니」 전문

생장통(生長痛)을 겪어야 하는 고뇌는 위의 작품들을 통하여 다채
롭게 전개되고 있습니다. 삶은 그 자체가 아픔입니다. 생장통이라
는 지엄한 과정을 통과하지 않고는 자라날 수 없습니다. 모든 살아
있는 자연의 아픔에 비유하여 자신을 비춰보는 회상적 기법이 돋
보입니다. 풀피리 소리, 들꽃 한 송이, 개울물 소리 등 시각적 청각
적 온갖 이미지가 동원되어 있습니다. 살아 있는 모든 만물이 그 성
장 과정에서 신음하지 않고서 어떻게 한 송이 꽃을 피워 올릴 수 있
겠는가를 생각하면 삶이라는 지난한 과정은 누구에게나 눈물겹지
않을 수 없습니다. 성장하면서 겪어내야 할, 외면할 수 없는 아픔을
자연스레 작품 속에 녹아들게 하고 있습니다. 이제는 옛말하고 살
만하다는 생장통을 통과한 자의 보상도 이렇게 따라주는가 싶어
다행함을 느끼면서 어쩌면 그것이 삶의 위로이자, 가치라고도 해석
해 볼 수 있겠습니다.

세상사의 한 단면- 소소한 주변 풍경

시적 진술과 일상적 진술이 직조되어 있음을 볼 수 있는 작품들이 있습니다. 소소한 일상 풍경은 섬세한 감각으로 살펴보지 않으면 놓치기 일쑤입니다. 그러나 시인은 맹수가 먹잇감을 포획하듯이 일상적인 장면을 놓치지 않고 글감으로 잘 활용하고 있습니다. 시적 표현과 형상화로 더 많은 사연과 수많은 이야기를 함축적으로 표현해내고 있는 시인의 감성과 능력에 경의를 표합니다.

전철에서 갑자기 큰소리가 들린다/한 노년의 남자가 건너편 남자에게/"여보세요, 가방은 안고 다리 좀 오므리세요./옆 사람이 불편하잖아요"/순간 스마트폰에 빠졌던 시선들이/용감한 목소리의 남자와 나에게/일제히 눈빛들이 쏠린다/내 옆에 앉았던 남자는 무안한지/벌떡 일어나 출입문 쪽으로 가버린다/괜한 시비 생길까/조마조마한 마음뿐이다/매서운 한파에 사람들의 감정도/쓸쓸한지 소요산행 전철은 정적뿐이다/큰소리로 말하던 건너편 남자/내게 다가와 앉으며 중얼거린다/두 다리 쪼그리고 앉은 당신 모습에 화났다고//무덤덤했던 내 심장 쿵쿵댄다/붉은 노을빛이 왜 그리 아름답게 보이는지/살면서 조금은 알 것 같았다

- 「심쿵」 전문

우선, '심쿵'이라는 단어 활용의 솜씨가 재미있게 드러납니다. 지하철 안에서 겪은 체험을 소재로 하여 충분히 살아갈 만한 따뜻한 연

민의 시선들이 세상에 존재하고 있음을 은연중 보여주고 있습니다. 대단한 일을 하는 용사가 아니더라도 평범한 시민의 행위와 넉넉한 마음가짐을 보여주고 있습니다. 시인은 작은 일상사를 놓치지 않고 남기고 싶었던 것입니다. 독자들도 끄덕이며, '이런 일도 있을 수 있구나.'라고 공감하게 합니다. 놓치기 쉬운 글감을 따뜻한 시선으로 잘 묘사하고 있습니다.

그곳에 가면 나도 마법에 걸린다/사람들은 동물 머리가 되어/울안에서 몇 시간씩 수다를 떨고 있다/마법에 걸린 반인반양의 모습/다행히도 기분은 꽤 좋아 보인다/…/소금방에서 마사지도 하고/황토방에선 땀도 빼고/솔잎 방엔 숲 향기 가득 마시고/갑갑하니 얼음방도 찾고/인간은 동물과 공생하며 교감하는/태초의 근원이 뼛속 깊이 배어있는지도/자, 모두 양머리 만드세요/지금부터 흰 양으로 사는 겁니다/할아버지 할머니 아빠 엄마 아이들/저기 한 무리의 가족들 양머리 의식을 한다/닦기만 하던 수건의 변화 참 즐겁다

- 「마법의 수건」 중에서

소위 찜질방이라는 곳의 풍경입니다. 수건을 재미있게 양의 머리 형태로 만들어 머리에 쓰고 있는 일반 시민들의 휴식문화의 한 장면입니다. 그것을 잘 포착하여 풍경과 더불어 묘사해내어 많은 철학적 사색을 어렵지 않게 도출하고 있습니다. 시인의 가장 큰 장점은, 주변의 소소하고 일상적인 소재들을 누구나 이해할 수 있고 알아들을 수 있는 묘사를 통해 주제 의식을 내포시키는 솜씨입니다. 큰 기교

를 부리지 않고도 세상의 한 단면을 보여주면서 인생사라는 주제에
까지 접목하고 있습니다.

십이월 대구 문중산/주검의 관 뚜껑이 열리고 있다/…//마침내 관속은
한 덩어리의 흙이 되었다/겨울산의 단단한 흙이 되었다//주검의 뚜껑은
닫히고/가족들은 흙 뿌림에 이별을 고하니/그제야 묘지는 힘겹게 이승
의 문을 닫는다/영면에 든 대구 형부/다들 영생이라 말하지만 가슴은
슬픔에 젖는다/육신의 옷 벗고 황량한 시간을 건너/저승 어디쯤 가고
있을까/또 우리는 이승 어디쯤 서 있는 것일까

- 「또 다른 이별- 대구 형부 장지에서」 중에서

죽음을 지켜보는 시인의 심정이 따스하고 간곡합니다. 살아가면서
자신이 보고 느낀 심정을 마음의 언어로 결부시켜 표현한 것이 시입
니다. 메멘토 모리(Memento mori)는 죽음에 대한 숭고한 메시지
로, 죽음을 반드시 기억하라는 뜻의 라틴어입니다. 자연물은 반드
시, 언젠가는 죽게 마련입니다. 자연의 일부분인 인간의 생명 역시
유한(有限)하며 생자필멸(生者必滅)의 진실 앞에 섰을 때, 겸손함의
지혜를 깨닫게 됨은 만고의 진리입니다. 장엄한 생의 바다를 저어가
다가 어느 순간 발자취를 남기며 홀연히 잠들게 되는 인생 원리, 그
렇기에 오히려 삶의 의미와 살아 있음의 지엄한 순간을 더욱 소중히
여겨야 하지 않을까 싶은 마음을 형부의 장지에서 귀하게 건져 올리
고 있습니다. 세상살이는 자연과 일맥(一脈)하여 궤(軌)를 함께하는

순환구조입니다. 시의 구조 자체가 함축적 유기체로서 살아 있는 것은 언젠가 죽음의 시간을 맞이하는 필연의 과정을 담고 있으며 죽음은 누구도 피할 수 없는 우주 만물의 필시 귀착점이라는 점을 사색하고 있는 한 장면으로 묘사하고 있습니다.

…//지구촌 곳곳에서는/코로나 전염병, 기후변화, 전쟁/지구는 턱턱 숨막힌다고 비명이네요/사방 둘러보아도/제 몸에 고장 아는지 모르는지/사뭇 기계적인 인간들의 꼿꼿한 허세와 욕망들//… 神께 도전하는 바벨탑 세상의 저 질주들/두 눈에 눈물 병病 도는지/자꾸만 눈물이 나요

－「병」 중에서

사람을/멀리서 바라보면/흙 위에 꼬물거리는/아이들의 소꿉장난으로 보인다//… 사람 사람 사람//부비고 부대끼고/희로애락 생생하게 그려지는/누군가 쉼 없이 그려질 땅 위의 인생들/시린 풍경처럼 명치끝에 머문다

－「풍경」 중에서

이 세상에는/듣고 듣고 또 들어도 지나치지 않는/아름다운 언어들이 물결치고 있습니다//… 하지만 나는/나이만 체면스럽게 살이 오르고/정작 두 귀에는/아름다운 언어들이/창조주의 언어들이 이명(耳鳴)뿐입니다//두 귀를 쫑긋 세워/얄팍해진 내 영혼에 미소를 짓고 싶습니다

－「들을 귀 있는 자」 중에서

숨차다, 등에 업힌 사람들 숨차다//깡충깡충 오르는 아이들/시린 등위에 가위바위보 즐겁게 새기고/사람들은 왁자하게 찾아오고/아줌마, 아저씬 한 켠에 앉아 쉬고//아, 저기/할아버지께서 할머니 손잡고 오시네/오므린 등 쫙 펴서 길 터야겠어/…//인생의 애환을 담기엔 이젠 힘에 부쳐/삐걱대며 박힌 오랜 층층 발소리들, 난 숨차다

- 「계단의 독백」 중에서

사랑이란 이름으로/딱 붙어 다니는 널 살짝 풀어놓았더니/가슴엔 휑한 바람뿐이다//어쩌면/훨씬 전부터//내 눈에 콩깍지가 씌어/겨울바람 같은 휑한 이 가슴/네가 꽁꽁 여며주길 바랐는지도 몰라

- 「단추」 전문

…//세상을 가슴 속에 가두고/어디에서 나를 찾을 수 있을까/… 한 번쯤은/가슴을 열어보려 하지 않은 채//그저 'NO NO'라고 말하던 친구//몸 안에 세상을 꽁꽁 가둔 채/…/자신의 병마와 치열한 싸움 중이다//친구여 푸르른 날/가슴속 빗장을 풀고 세상을 보아라/…/네 안에 희망으로 꽃피워 행복한 날들이 되리라

- 「가슴에 세상을 가둔 친구」 중에서

소소한 일상사를 놓치지 않고 있는 시인의 눈길과 관심사들이 독자들을 공감하게 하고 있습니다. 코로나 팬데믹이라는 시류를 놓치지 않고 작품으로 승화시키고 있습니다. 사람들이 살아가는 일상적인 모습을 「풍경」이라는 제하에 그림처럼 풀어 놓고 있습니다.

또한, 세상 사람들을 향하여, 그보다는 자신을 향한 마음이 더 큰 울림으로 다가오게 하는 「들을 귀 있는 자」를 통하여 아름답게 생각하고 아름다운 언어를 사용할 것을 권고하는 시인의 마음이 소박한 정서로 담겨 있습니다. 계단과 단추는 늘 옆에 있는 흔한 소재들입니다. 그러나 그 흔한 소소한 단어의 의미망이 얼마나 넓게 전개되고 있는지 짐작해 보게 합니다. 시인의 뛰어난 관찰력과 의미를 부여하는 작업의 진폭이 크다는 것을 알 수 있습니다. 아울러 친구를 향한 간절한 염려의 마음이 뜨겁지 않으면서도 진정으로 친구의 안위를 생각하는 심정을 실어 놓고 있어 시인의 더운 심장을 느끼게 합니다.

머리에 하얀 서릿발을/운명처럼 이고 가는 사람들이/아름다운 인연으로 만나/쌈지 속 이야기보따리를 풀어놓습니다//… 웃음소리 가득한 사랑방엔/늘 자애로운 원석(原石)의 마음들이/황금빛으로 어우러지며/천년의 꽃처럼 곱게 물들어갑니다//어버이의 정겨운 소리들/도란도란 경로당 창을 넘고 있습니다

- 「경로당」 중에서

세상 길 가는 동안/고단하고 멀지라도/그 길 위에서 내려서지 않으리//… 이보시게/긴 여정 길, 우리 서로 길동무하며/도란도란 세월을 함께 가보세/그 길에 그리운 사람도 있을 테니

- 「함께 가는 길」 전문

사소한 듯한 일상사가 시인에게로 오면 독특한 체험으로 화합니다. 무시무종(無始無終)의 세계관이 펼쳐집니다. 살아 있는 자가 누리던 삶이 또한 고통스러워하는 지난한 과정이 「경로당」 풍경 속에 담기게 되면 훈장처럼 다가오는 노년기의 모습으로 변모됩니다. 결국, 시는 인생을 담고자 하는 형식의 그릇입니다. 때로는 역동적 이미지와 정지된 이미지를 동시에 포용하기도 합니다. 자아와 타자가 합일하는 해탈의 경지에서 결국 함께 가야 하는 인생길의 노정(路程)을 순탄하게, 혹은 힘들게 펼쳐 보여줍니다. 그리하여 궁극적으로 인간 보편의 서사로 칠학적인 사유를 깨우치게 하는 경지에 도달하게 하는 솜씨가 뛰어납니다. 뫼비우스의 띠같이 회전하는 인생살이에 시인은 의미를 부여하고 있습니다.

멈출 수 없이 달리기만 했던/긴 장마, 물 폭탄으로 조마조마한 나날들/…//비 그친 수요일 놀이터엔/통통한 햇살로 재잘대는 아이들 소리/참새들도 총총히 햇살 쪼며 분주하다/덩달아 상쾌한 듯 팔다리 흔드는 베란다 빨래들/새삼 소소한 민낯의 일상들이/소중한 금빛 날들임을 되새겨본다
- 「비 그친 수요일- 2021년 8월에」 중에서

벌써 떠나려 채비를 하고 있구나/그렇게 작열하게 내리쬐던/너의 뜨거운 열정도/이제는 서서히 정리가 되는가 보다//…//계곡물에 발도 담가 보지 못했는데/난 아직, 널 떠나보낼 준비가 안 됐는데
- 「여름은 떠나려는데」 중에서

고운 은빛으로/자르르 윤기 흐르며/고고하게 누워있는 싱싱한 어군들/
금방이라도 튀어 올라/푸른 동해로 다이빙하며/꼬리를 힘차게 흔들며
내달릴 것 같은//......//도루묵 생선을/들여다보며 고향 친구에게/고마
워하는 촉촉한/내 마음 알았는지/어군들은 몸 바쳐 최고의 만찬/영양
만점이 되리라 서로 눈짓한다

- 「도루묵 생선 택배 받던 날」 중에서

시인의 본능은 하나의 현상이나 사물이나 사회상 등을 기록하고
자 합니다. 「비 그친 수요일- 2021년 8월에」를 통하여 코로나로
모두가 지쳐있는데 긴 장마 폭우로 더욱 힘들게 하는 중, 잠깐의
햇살 퍼진 날이 얼마나 소중한 금빛 날인지에 관한 단상을 보여주
고 있습니다. 마찬가지로 여름은 무엇이 그리 급해 떠나려 하는지
아직 여름다운 여름을 보내지도 못한 시인의 마음은 준비가 아직
안 되어 있다는 소소한 정서를 표현하고 있습니다. 이것은 인생살
이의 모든 측면이 그러하다는 것을 여름에 빗대어 묘사하고자 한
것입니다. 택배 문화가 보편화되어 있는 요즈음, 특별히 강원도가
고향인 시인이 배달되어 온 도루묵 생선에 대한 감회에 상상력을
배가한 소소한 풍경이 뜻깊게 부각 되어 옵니다. 사소한 일상사를
놓치지 않고 의미를 부여하는 시인의 깊고 그윽한 마음에 찬사를
보냅니다.

나라 생각하는 마음- 여행지 회상

시인의 관심사는 큰 진폭으로 다양한 범주에까지 확대되어 나갑니다. 그만큼 작가 역량이 뛰어남을 입증하는 것이라고 하겠습니다. 또한, 다녀온 추억의 갈피들을 시인은 기록으로 남기고자 하는 의식이 은연중 있습니다. 대부분 다녀온 것으로 마치는데, 작품으로 승화시킴으로써 인생의 한 페이지들을 소중하게 남기고자 하는 역사 인식의 발로라고 하겠습니다. 시적인 운문 장르 형식을 통하여 자서전의 기록과 같은 효과까지도 부수적으로 얻어낼 수 있습니다.

돌아보면 너무도 긴 세월/하염없이 바래지고 바스러진 허공뿐입니다 …/한국전쟁의 깊은 상흔은/한순간 꿈처럼 점점 멀어지는 것만 같습니다//그분의 아들로/그분의 남편으로/그분의 동생으로/그분의 손자로/그분의 오빠로/그분의 삼촌으로/그분의 조카로……//아! 부르다가 부르다가/목이 메는 불멸의 님들이여/오늘날 넘치는 자유와 풍요 속에/ 명예도 값도 없는 주검으로 잊혀질까 두려워집니다/…//우리는 지금/눈부시게 번영하는 시대 속에/그분들의 값진 국토에 빚진 마음으로 서 있습니다/대한민국 평화의 길은/오직 호국영령들의 이정표가 있을 뿐입니다/아! 대한민국, 자랑스러운 나의 조국이여……

- 「시대의 풍요 속에」 중에서

개인적인 체험을 넘어서는 민족적인 거대한 가치를 생각해 보는 시인의 광폭적인 의식을 높이 평가합니다. 어쩔 수 없는 전쟁이었지만 잊지는 말아야 할 부분들을 분명히 인식하고 있습니다. 나라 지키다가 스러져간 고귀한 호국영령을 결단코 잊어서는 안 된다는 분연함을 표출하고 있습니다. 행사시(行事詩)로서의 격조도 갖추고 있습니다. 나라를 생각하는 민족애가 뜨겁게 느껴집니다. 호국영령을 이정표 삼아 대한민국이 무궁하게 발전하고 뻗어 나갈 것임을 기원하는 시인의 마음이 잘 표출된 대목들입니다. 전쟁의 상흔이 미시사(微時史)적인 개인의 역사와 무관하지 않기를 바라는 시인의 간절한 염원이 담겨 있는 정신적인 작품입니다.

돌산 섬을 껴안고 부스스/깨어나는 새벽녘 여수 앞바다/…//하마터면/종이비행기로 속을 뻔한/흰 갈매기 한 마리 유유히 날아와/사뿐히 어선 위에 내려앉는다//숙소에서 바라본/통유리창에 비친 고요한 포구/태초의 명화名畵처럼 시선을 빼앗는다//…

-「액자 속 풍경-돌산 앞바다」 중에서

바닷물 가장자리에 앉아/모래성을 쌓는 아이들에게/파도는 엉덩이 치며 놀자고 보챈다//…//저 바다에 젖은 사람들/온몸에 저장한 푸른 파일로/한동안 클릭, 클릭하며 행복을 되새김하겠지

-「삼포해수욕장」 중에서

하늘 바다 벌겋게 취하는/일출의 장관 앞에/그 뉘라서 취하지 않으리
요/…//세상에 취한 님들이여//에메랄드 빛 두른 바닷가에/고단하게 끌
고 온/당신의 두 발 산뜻하게 물들이고/순백의 고운 모래밭에/발 도장
꾹꾹 찍어 가며/화진포의 낭만 가득히 새겨 보세요

- 「화진포의 낭만」 중에서

시인은 선험적인 체험을 깨우치는 감각의 특수성이 뛰어난 작가입
니다. 바다를 소재로 한 추억의 일단(一段)을 다채롭게 시적인 이미
지로 표출시킴으로써 분위기를 고조시키고 살아온 세월을 짐작하
게 합니다. 여백의 틈새를 조여가면서 잘 관조하고 있습니다. 시적
발상의 울림 효과가 크다고 하지 않을 수 없습니다. 섬세한 틈새 관
찰의 결과를 그림처럼 펼쳐놓고 있습니다. 일상에서의 감동을 회복
시켜 생명감을 충만하게 바라보는 시인의 감각과 기록의식을 찾을
수 있습니다.

전순선 시인은 제4 시집 『바람의 둥지를 찾아』에서 겸허한 마음 쓰
기, 마음 놓기를 이미지로 구체화하는 데 주력해 온 그간의 노정을
펼쳐놓고 있습니다. 쉽게 얻거나 터득될 수 없는 시인만의 독특한
감성으로 표출시키는 발상을 찾아볼 수 있었습니다.
상투적인 표현을 깨뜨림으로써 새로운 이미지를 창출하는 기법으
로 자연과의 관계성 회복을 겸허히 마주 앉게 함으로써 편안하고

온유하게 풀어놓고 있습니다. 생생하게 다가오는 이미지와 상상의 소산도 또렷하게 시도하고 있습니다. 바람이라는 자연 현상에서 터득되는 궁극의 길은 속물(俗物)스러운 기운을 빼버림으로써 본질만을 투명하게 바라보고 있는 변별성에 있습니다. 인생 추억의 한 자락을 편 편마다 얹어 놓아 다시 사랑을 다짐해보는 서사구조까지도 언외(言外)에 실어 놓고 있습니다.

시 쓰는 법과 살아가는 법은 다르지 않습니다. 시적 허용, 환상, 비약, 실험 등 시적 특성을 적절히 활용하여 삶의 절정과 충만을 만끽하며 살아가고 싶은 시인의 심정도 엿볼 수 있었습니다. 시인이 형상화해 오고자 한 궁극적인 진실은, 삶의 거듭남을 노래하여 시인이 열매 맺고자 하는 땀방울들이 서로 연결되기를 바라고 자연의 순리대로 일상적인 삶을 다시 생각해 보는 것입니다. 좋은 시는 언제나 새로운 읽기와 전략을 요청합니다. 사유의 확장을 담고자 합니다. 역경의 파도와 바람을 온몸으로 감내하며 온축한 그 세월 속을 망망(茫茫)한 도도(滔滔)함으로 채우리라는 시인의 시혼을 고귀하게 여깁니다.

춘생·하장·추수·동장(春生·夏長·秋收·冬藏)이라는 우주 만물의 원리처럼, 봄에 씨 뿌려 여름에 잘 키우고 가을에 추수하여 겨울에 저장해야 내년 봄을 맞이할 수 있는 순환구조를 벗어날 수 없는 것이 인생살이입니다. 이러한 과정을 통하여 삶의 기쁨과 애환을 체감할 수 있는 것입니다. 인내와 헌신의 시간으로 나름 애쓰며 한세상 살아온 세상살이에 대한 감정의 가치가 창조예술과 등가(等價)관계에 놓임을 입증해 온 그간의 지난한 과정을 귀하게 간직합니다.

바람도 둥지를 찾아간다는 설정을 앞에 놓고 다시 솟아나는 생명의 원천을 느낍니다. 겨울을 용케 견뎌 왔기에 새봄을 맞이하면서 우리는 자연 치유의 은사(恩賜)와 감사를 느끼게 됩니다. 시인의 삶은 다시 일상을 회복하고 자연의 이치대로 도도히 살아갈 수 있으리라는 희망을 꿈꾸어 보고 있습니다. 아름다운 비상을 기대합니다.

바람의 둥지를 찾아

펴 낸 날   2023년 8월 30일

지 은 이   진순선
펴 낸 이   이기성
편집팀장   이윤숙
기획편집   이지희, 윤가영, 서해주
표지디자인   이지희
책임마케팅   강보현, 김성욱
펴 낸 곳   도서출판 생각나눔
출판등록   제 2018-000288호
주   소   경기 고양시 덕양구 청초로 66, 덕은리버워크 B동 1708호, 1709호
전   화   02-325-5100
팩   스   02-325-5101
홈페이지   www.생각나눔.kr
이 메 일   bookmain@think-book.com

• 책값은 표지 뒷면에 표기되어 있습니다.
  ISBN 979-11-7048-589-6(03810)

·이 시집은 한국예술인복지재단 창작디딤돌 지원사업으로 발간되었습니다.